아르슬란 전기

5
길 떠난 말의 쓸쓸한 그림자

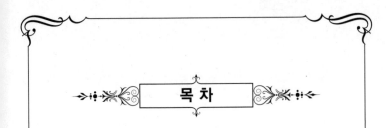

목차

주요 등장인물

○파르스

아르슬란: 파르스 왕국 제18대 샤오(국왕) 안드라고라스 3세의 왕자.

안드라고라스 3세: 파르스 샤오.

타흐미네: 안드라고라스의 아내이자 아르슬란의 어머니.

다륜: 아르슬란을 섬기는 마르즈반(만기장萬騎長). 별명은 '마르단후 마르단(전사 중의 전사)'.

나르사스: 아르슬란을 섬기는 前 다이람 영주. 미래의 궁정화가.

기이브: 아르슬란을 섬기는 자칭 '유랑악사'.

파랑기스: 아르슬란을 섬기는 카히나(여신관).

엘람: 나르사스의 레타크(몸종).

히르메스: 은가면. 파르스 제17대 샤오 오스로에스 5세의 아들. 안드라고라스 3세의 조카.

잔데: 히르메스의 부하.

암회색 옷의 마도사: ?

자하크: 사왕蛇王.

키슈바드: 파르스의 마르즈반. 별명은 '타히르(쌍검장군)'.

아즈라일: 키슈바드가 키우는 샤힌(매).

쿠바드: 파르스의 마르즈반. 애꾸눈 장한.

루샨: 아르슬란을 섬기는 사트라이프(왕자 보좌).

이스판: 죽은 마르즈반 샤푸르의 동생.
　　　　별명은 '파르하딘(늑대가 키운 자)'.

자라반트: 아르슬란을 섬기는 옥서스 지방 영주의
　　　　　아들. 뛰어난 완력의 소유자.

투스: 아르슬란을 섬기는 전 자라 지방 수비대장.
　　　철쇄술의 고수.

알프리드: 조트 족장의 딸.

메르레인: 알프리드의 오빠.

○루시타니아

이노켄티스 7세: 파르스를 침략한 루시타니아의 국왕.

기스카르: 루시타니아의 왕제王弟. 국정의 실권을 장악
　　　하고 있다.

몽페라토: 장군.

보두앵: 장군.

에투알: 본명은 에스텔. 루시타니아의 수습기사 소녀.

○신두라

라젠드라 2세: 라자(국왕). 자칭 아르슬란의 벗.

자스완트: 아르슬란을 섬기는 신두라인.

○투란

토크타미시: 제14대 카간(국왕).

일테리시: 선왕의 조카. 아버지는 다룬과 싸워 목숨을 잃었다.

타르칸: 장군.

카를룩: 장군.

짐사: 장군.

○마르얌

이리나: 마르얌 왕국의 공주.

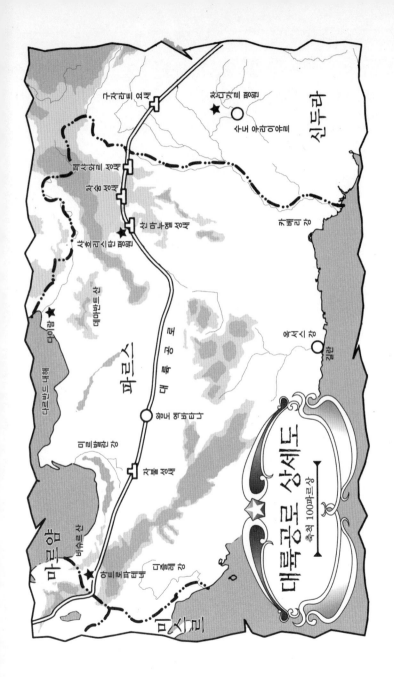

제1장 투란 침공

I

　기분 좋은 아침이었다. 초여름 햇살은 기화한 수정처럼 지상에 내리쪼이고, 바람은 투명하면서도 청량한 입자를 사람들의 피부에 뿌려주었다. 해가 높이 뜨면 메마른 열기가 바람이 되어 사람들을 때리기 시작하겠지만 그것도 나무그늘로 도망치면 피할 수 있다. 파르스 왕국의 사계절은 하나같이 아름다우며 저마다 다채롭다. 최근에는 어쩐지 핏빛으로 뒤덮이기 일쑤지만.

　죄는 관대한 자연이 아닌 어리석은 인간들에게 있다. 평화를 부르짖으면서도 결코 싸움을 멈추려 하지 않는 두발짐승들은 기분 좋은 초여름의 파르스에 피 냄새를 뿌려대는 것이다.

파르스력 321년 5월 말, 대륙공로 북쪽에서 출발한 투란 왕국의 군대는 모래먼지를 일으키며 인마의 노도가 되어 남하했다. 파르스, 신두라 두 나라와의 국경지대를 돌파하여, 풍요로운 대륙공로의 주변 국가들을 탐욕스러운 위장에 집어삼키고자.

신두라의 왕은 막 즉위를 선언한 젊은 라젠드라 2세였다. 전년도부터 이 해까지 라젠드라는 이복형제 가데비와 왕위를 놓고 격렬한 항쟁을 펼쳤다. 이웃 파르스의 왕태자 아르슬란의 원군을 얻어 라젠드라는 이복형제를 쓰러뜨리고 왕위를 차지할 수 있었다. 그러나 신두라 국내에는 여전히 라젠드라에게 반항하는 세력도 많아, 새로운 왕은 즉위를 선언하기는 했지만 정식으로 대관식을 치를 여유도 없이 국내의 무력통일에 전념해야만 했다. 국내만으로도 힘든데 '초원의 패자覇者' 투란군의 습격까지 이어지니 라젠드라는 도저히 환영할 기분이 들지 않았다.

과거 신두라는 투란과 손을 잡고 파르스를 침공한 적도 있었으나 지금은 정세가 다르다. 라젠드라와 파르스 왕태자 아르슬란은 맹약을 맺은 사이였다.

"파르스의 아르슬란 왕자에게 알려주어라."

'알려라' 가 아니라 '알려주어라' 라고 하는 면이 라젠드라다웠다. 신두라가 단독으로 투란의 강병에게 대항하기란 어려우며 파르스와 동맹을 맺어야만 북방의 강적을 격퇴할 수 있다. 때문에 그는 "아르슬란 왕자 살려주게!"라고 비명을 지르며 원군을 청해야 할 처지였다. 그러나 라젠드라의 생각은 조금 달랐다.

"투란이 남하해 국경지대를 침범하면 왕도를 탈환하고자 서쪽으로 나아가는 아르슬란의 후방이 위태로워지지. 근거지인 페샤와르 성을 함락당하기라도 하면 그 친구도 무사하지 못할걸. 한시라도 빨리 알려주어야겠다."

라젠드라의 분석은 옳았지만, 자신에게 약점이 있다는 사실은 뒷전으로 미뤄놓고 아르슬란에게 은혜를 과시할 생각만 했다. 이 부분이 라젠드라라는 청년의 기묘한 점이다. 아무튼 라젠드라가 아르슬란에게 급사를 파견하여, 투란군 침공은 파르스 국내에 금세 피비린내나는 열풍을 가져오게 되었다.

라젠드라의 급사가 국경을 넘어 페샤와르 성에 도착한 것은 6월 1일 아침이 지상에 내려앉기 직전이었다. 페샤와르 성을 맡은 책임자는 아르슬란이 사트라이프에 임명한 루샨 경이었다. 급사의 노고를 치하하고 루샨은 주요 장군들을 소집해 사정을 설명했다.

"우리의 역할은 무용을 과시하여 적과 싸우는 것이 아니라, 왕태자 전하께서 배후를 근심하시지 않고 루시타니아군과 싸울 수 있도록 페샤와르 성을 지켜내는 것일세. 지금 우리가 성을 나가 싸운다 해도 왕태자 전하께는 아무런 도움이 되지 않네."

연장자의 관록을 보여주며 일동을 타이른 루샨은 즉시 몇 가지 손을 썼다. 페샤와르 성내에는 1만 5천 병력이 있으며 식량과 무기도 충분했다. 우물이 있으니 식수 확보도 어렵지 않다. 원래 대군이 주둔하던 중요 성새인 만큼 이 정도는 일부러 준비할 필요도 없을 정도였다. 루샨은 파라자타라는 기사에게 준마를 골라주고 서쪽에 사자로 파견했다.

그야말로 간발의 차이였다. 파라자타가 성을 떠나 서쪽으로 떠난 그 날 오후, 페샤와르 성의 망루에 서 있던 병사 하나가 북방의 지평선에 피어나는 모래먼지를 발견한 것이다.

"투란군 내습!"

그 소식을 받은 사트라이프 루샨은 즉시 성문을 닫고 방어를 다지도록 지시했다.

"결코 성 밖으로 나가서는 안 된다. 닷새에서 열흘 정도 수비하면 왕태자 전하께서 군을 되돌려 도착하실 것이다. 오로지 지키고 또 지켜야 한다."

루샨이 아닌 다른 사람의 말이었다면 '싸우지도 않으려 하는 겁쟁이'라 비난을 샀으리라. 중후한 인격자로 알려진 루샨이기에 신중론을 제시할 수 있었던 것이다. 꽉 닫힌 성문 안쪽에 모래자루를 쌓고 파르스군은 적의 공격을 기다렸다.

한편 사자가 되어 페샤와르를 떠난 파라자타는 해가 저무는 방향으로 말을 몰았다. 대륙공로를 따라 서쪽으로, 왕태자 아르슬란의 군대를 따라잡을 때까지 50파르상(약 250킬로미터). 작년까지는 카라반의 대열을 피해 가는 것만도 고역이었지만 지금은 어지간해서는 사람이 보이질 않았다.

파르스군과 루시타니아군이 싸운 장소를 몇 차례 통과해, 밤에도 쉬지 않고, 다음 날까지도 말을 달렸다. 놀라운 속도와 내구력이었으나 생물인 이상 한계가 있다. 이틀째 저녁, 말이 쓰러졌다. 엄선된 명마였지만 하루 밤낮을 거의 쉬지 않으니 버틸 재간이 없었다. 파라자타는 손쓸 도리가 없어 멍하니 서 있었다.

"일어나라. 제발 일어나다오."

필사적으로 고삐를 당겨봤지만 말은 이미 체력을 소진해버렸다. 기수의 목소리에 비틀거리면서 일어나려다가 갑자기 앞다리를 꺾으며 쓰러져버렸다. 벌어진 입에서 피거품이 솟았고, 이것이 그쳤을 때는 이미 숨이 끊어진 뒤였다.

파르스인들은 말에 대한 애정이 강하지만 애마의 죽음을 슬퍼할 겨를도 없었다. 파라자타는 도보로 나아가기 시작했다. 젊고 건강한 그도 힘든 여정 때문에 지친 상태였다. 다리가 후들거렸다. 말을 타는 동안 물 한 방울 마시지 않았으며 물론 잠도 자지 않았다. 허덕이며 천 걸음 정도 걸었을 때, 길 앞쪽에서 말의 모습이 나타났다.

자신처럼 서쪽 방향을 향해 천천히 나아가는, 어딘가 느긋한 모습을 보았을 때 파라자타의 마음에는 한 가지 생각이 떠올랐다. 그는 소리를 질러 그 여행자를 세우고는 지친 두 다리를 움직여 옆으로 다가갔다. 말 위에 있던 사내가 별로 관심도 없다는 투로 물었다.

"갑자기 사람을 불러 세우다니, 무슨 일인가."

"자세히 설명할 시간이 없소. 말을 빌리겠소."

"유감이지만 이렇게 내가 타고 있는데. 빌려주면 내가 걸어가야 하잖나."

사내는 키가 컸으며 여기에 어울릴 만큼 어깨가 널찍하고 가슴이 두꺼웠다. 왼쪽 눈은 한 줄기 상처에 짓이겨져 없었고 오른쪽 눈에선 힘이 넘쳤다. 그런데도 약간 빈정거리는 듯한 빛이 있었다. 이미 해가 저물어가는 시각이기도 해서 파라자타는 상대의 정체를 알아볼 수 없었다. 애꾸눈 사내는 마르즈반이었던 쿠바드였다.

아르슬란을 만나러 간다는 점에서는 파라자타와 마찬가지였다. 다만 다른 점은 서두르지도 조바심을 내지도 않고, 느긋하게 여행을 즐기는 것처럼 보인다는 점이었다.

"빌려준다면 사례하겠소."

"그런 말은 진짜로 사례를 하고 나서 하게나."

대수롭지도 않게 흘려넘기니 파라자타는 발끈했다. 이 애꾸눈 사내가 일부러 자신의 임무를 방해하는 것처럼 여겨졌다.

"어쩔 수 없지. 힘으로라도 빌려가겠소."

몸과 마음 모두 여유를 잃었던 파라자타가 검을 뽑은 것도 무리는 아니었다. 번뜩이는 칼날을 보고도 쿠바드의 태연한 분위기는 바뀌지 않았다.

"관두시지. 미리 말해두지만 난 강하거든. 부모나 애인을 울리고 싶지 않거든 목숨을 소중히 여기게나."

"닥쳐라, 입만 산 놈."

소리친 것과 동시에 파라자타는 말 위의 사내를 향해 검을 휘둘렀다. 강렬한 참격이었으나 사내의 몸에는 닿지 못했다. 숫제 귀찮다는 양 사내는 칼집째 대검을 휘둘렀다. 눈 안쪽에서 불꽃이 튀고 파라자타는 검을 손에 든 채 땅에 쓰러졌다. 쓰러지자 피로와 공복 때문에 더 이상 일어날 수도 없었다. 마지막 일격이 날아들 거라 생각하고 그는 남은 힘을 모조리 쥐어짜내 목소리에 담았다.

"원통하구나. 이제 파르스도 끝났어. 말귀를 못 알아듣는 놈이 나에게 말을 빌려주지 않은 탓에."

그 목소리를 애꾸눈 사내가 들었다. 떠나가려다 말을 세우더니 널찍한 어깨 너머로 파라자타를 돌아보았다.

"이 쿠바드에게 말귀 못 알아듣는 놈이라고 했나? 자신의 성급함은 제쳐놓고 아주 잘도 지껄이는구만."

사내가 입에 담은 인명이 파라자타의 몸과 마음에 놀라움의 전류를 흘려보냈다.

"쿠바드?! 고명하신 마르즈반 쿠바드 장군이십니까?"

"아니, 그냥 이름만 똑같아. 난 그렇게 훌륭한 사람은 아니고."

물론 농담이었지만 절호의 농담도 파라자타의 귀에는 들리지 않았다. 그는 지친 몸을 간신히 일으켜 검을 칼집에 거두었다. 쿠바드에게 얻어맞은 뒷머리가 시큰거리는 것도 잊고 두 손을 땅에 짚으며 고개를 숙였다.

"쿠바드 장군이신 줄도 모르고 저지른 결례를 부디 용서해 주십시오. 아니, 용서해주시지 않는 것이 당연하오나 까닭이 있었습니다. 파르스의 운명이 달린 일인지라……."

호들갑스럽다 싶었지만 상대의 필사적인 표정을 보고

쿠바드는 귀를 기울이기로 했다. 그리고 결국 말을 빌려주었다. 자신은 걸어가게 되어, 가도 옆에 있던 사이프러스 나무 아래에 주저앉았다. 이곳에서 기다리면 왕태자 아르슬란의 군대와 만날 수 있을 테니 그때까지 한잠 자기로 결정한 것이다.

II

쿠바드에게서 말을 빌린 파라자타는 그날 밤 늦게 겨우 아르슬란군을 따라잡을 수 있었다. 달빛 아래 서쪽으로 이동하는 시커먼 인마의 대열을 향해 파라자타가 말을 몰아 달려가자 이를 가로막고자 한 부대의 기마가 앞으로 나왔다.

"파르스인으로서 예의도 지키지 않고 왕태자 전하의 진영에 함부로 다가오려는 무뢰배가 어느 놈이더냐."

물으면서 이미 장검을 뽑아 들고 있다. 싸늘한 칼날이 달빛을 반사하는 것을 보고 파라자타는 의외라 생각했다. 자신의 정체를 묻는 목소리가 귀에 감기는 음악적인 여성의 목소리였기 때문이다. 그것은 아르슬란을 섬기는 카히나(여신관) 파랑기스였다.

파라자타에게서 짧게 설명을 들은 파랑기스는 즉시 그를 데리고 왕태자의 본영으로 향했다. 군사 나르사스,

만기장 다룬과 키슈바드, 그 외의 중신들이 서둘러 소집되었다. 파라자타의 보고는 그들 한복판에 거대한 작약炸藥을 집어던진 것 같았다.

"투란군이 국경을 넘어서……!"

왕태자 아르슬란을 위시한 파르스의 무장들 중 겁쟁이는 한 사람도 없지만 모두 일제히 긴장했다. 다룬이나 키슈바드조차 태연할 수는 없었다. '초원의 패자' 투란이라면 파르스에게는 역사적인 적국이다. 파르스인의 관점에서 봤을 때 루시타니아는 가증스러울 뿐이지만, 투란은 '가공할 강적'이라는 인상이 있는 것이다.

세리카로 떠나기 전, 다룬은 전장에서 당시의 투란 왕제와 1대 1로 겨루었으며 맹장으로 유명하던 상대를 안장 위에서 베어 쓰러뜨렸다. 그 후로 다룬은 투란의 원수로 여겨져, 세리카를 왕래했을 무렵에는 생명의 위협을 받은 적도 있다. 그러나 투란 국내에도 혼란이 있어 암살과 음모가 횡행하는 바람에 지난 2, 3년은 파르스에 대규모 적대행동을 일으키지 않았다.

그런 투란이 남하해 국경을 침범하다니. 파르스인들에게는 큰 충격이었다. 드디어 루시타니아군의 손아귀에서 왕도 엑바타나를 탈환하려는 바로 이 시기에, 옆에서 강대한 훼방꾼이 나타난 것이다. 게다가 이를 알려준 사람이 이웃나라 신두라의 라자(국왕) 라젠드라라니.

"그분다운 말씀이군요. 원군이 필요한 건 오히려 신두라 쪽일 텐데, 이런 상황에서도 우리에게 은혜를 과시하려 하다니."

키슈바드가 쓴웃음을 짓는 것도 당연하다. 라젠드라의 기묘한 성격은 아르슬란의 막료들도 잘 안다.

"나르사스, 자네 의견은 어떤가?"

다륜이 벗에게 물었다.

젊은 군사는 그때까지 한마디도 하지 않고 두 눈을 감은 채 생각에 잠겨 있다가 다륜이 화살을 돌리자 처음으로 눈을 떴다. 왕태자 아르슬란을 비롯한 수많은 시선에 에워싸여 나르사스는 또박또박 의견을 제시했다.

"병력을 동쪽으로 되돌리는 것이 좋을 줄로 압니다, 전하."

기껏 왕도 엑바타나를 해방하기 위해 가다가 도중에 군을 되돌리다니, 원통하기는 하지만 달리 방법은 없다. 최악의 경우 전방을 루시타니아군, 후방을 투란군에 에워싸여 섬멸당할 수도 있다. 앞뒤의 적이 서로 힘을 합쳐야겠다는 생각을 떠올리지 않았을 때 신속하게 각개격파해버리는 편이 낫다. 그것이 나르사스의 설명이었다.

카히나 파랑기스가 어깨를 으쓱했다.

"라자 라젠드라는 일이 잘 돌아간다고 손뼉을 치며 좋

아하시겠군."

"좋아하라고 놔두게. 그분의 의도 따위 아르슬란 전하의 대업 앞에서는 사소한 일이니."

나르사스는 명쾌하게 단정 짓고, 파랑기스도 다른 이들도 고개를 끄덕였다. 이로써 전군의 방침은 결정되었지만 흑의기사 다륜이 살짝 고개를 갸웃했다.

"회군한다 치고, 투란군이 침공했음을 루시타니아군이 알면 기세등등해 추격할지도 모르겠군. 이번 건은 숨겨두어야겠어."

"아니, 숨길 필요는 없네."

나르사스의 대답은 이번에도 명쾌했다. 그저 숨기기만 하는 것이 아니고, 오히려 나르사스는 기꺼이 투란군 침공, 파르스군 반전 소식을 왕도의 루시타니아군에게 알려주어야겠다고 생각했다. 이유는 이러했다. 투란군이 침공해 파르스군이 황급히 동방국경으로 돌아갔다는 정보가 흐르면 당연히 루시타니아군은 정보의 진위를 확인할 것이다. 그 결과 정보를 흘린 것이 당사자인 파르스군이었음을 알면 루시타니아는 경계하지 않겠는가. 이건 함정이 분명하다, 출격해서는 안 된다고 덮어놓고 믿어, 파르스군이 멀어져가는 모습을 숨죽인 채 지켜보기만 할 뿐 절대 손을 대지는 않을 것이다.

반대로 루시타니아군이 상황을 대수롭지 않게 여기고

왕도에서 출격한다 해도 전혀 신경 쓸 필요는 없다. 왕도 엑바타나의 견고한 성벽에 보호를 받고 있어야 루시타니아군은 파르스군에 대항할 수 있다. 성을 나와 야전野戰을 벌이게 됐을 때 루시타니아군을 박살낼 전술은 나르사스의 머릿속에 서른 가지 정도 비축되어 있다. 한 번 싸워 혼을 내주고 루시타니아군을 성 안으로 다시 몰아넣으면 그만이다. 그렇게 하면 결국 그들은 더 이상 손을 대지 못한다.

나르사스는 일동에게 설명했다. 사실 이때 나르사스는 더욱 가공할 책략을 머릿속에 담아두고 있었으나 그 점은 입 밖에 내지 않았다. 당면의 행동방침이 결정되면 그 이상의 문제를 일부러 끄집어낼 필요도 없다.

"그러면 즉시 동쪽으로 군을 되돌리겠다. 경들은 채비를 해주게."

아르슬란의 말을 받들어 나르사스가 동료 중 한 사람에게 말을 걸었다.

"파랑기스, 기병만으로 500명을 선발하여 한발 먼저 페샤와르 성으로 가주게. 농성하는 자들의 사기를 높여주었으면 하네만, 부탁해도 되겠나?"

"잘 알겠네."

위험한 임무였지만 새까만 비단 같은 머리카락을 가진 아름다운 카히나는 선선히 승낙했다. 그때까지 지친 몸으로 군사회의 석상 한구석에 늘어져 있었던 파라자타가 처음으로 몸을 일으켰다. 무릎걸음으로 다가와 왕태자에게 고개를 숙여 예를 표했다.

"그러면 소인이 파랑기스 님을 페샤와르까지 안내하겠사옵니다. 말 두 마리를 빌려주실 수 있겠나이까."

아르슬란은 맑게 갠 밤하늘색 눈동자에 근심스러운 표정을 지었다.

"그대는 많이 지쳤네. 하룻밤 푹 쉬고 내일 보병과 함께 출발하면 어떻겠나."

"황송한 말씀이오나 도저히 쉴 마음이 들질 않사옵니다. 부디 파랑기스 님과 동행케 해 주시옵소서."

"알았네. 그러면 원하는 대로 하게. 그런데 말을 일부러 두 마리라고 한 데에는 이유가 있나?"

"한 마리는 말을 빌려준 사람에게 돌려주어야 하옵니다. 그 사람 덕에 지금 이렇게 전하 앞에 당도할 수 있었나이다."

쿠바드에게 입막음을 당했으므로 파라자타는 이름을 대지 않았다.

이름이야 어쨌든 사자에게 말을 빌려준 사람이라면 파르스군에게도 은인이다. 아르슬란은 파랑기스에게 이 뜻을 전하고, 또한 근습을 불러 파라자타에게 식사를 제공하도록 명했다.

파라자타는 고기 위주의 요리를 사양하고 밀죽 한 그 릇, 계란과 벌꿀을 섞은 후카(맥주) 한 잔을 희망했다. 피로 때문에 위장이 지쳤으므로 무거운 식사를 피한 것 이다.

최대한 게걸스럽지 않도록 주의하며 죽을 다 먹은 파 라자타는 후카를 들이켜고, 일어나려다 비틀거리며 바 닥에 주저앉았다. 이내 크게 코를 고는 소리가 그의 입 에서 새나왔다.

"깨우면 미안하니 푹 자게 해 두세. 후카에 넣은 약 기 운이 풀릴 때까지."

파라자타는 지극히 지친 몸이었다. 휴식도 취하지 않 고 다시 말을 탔다간 빈말이 아니라 정말로 죽어버릴 지 모른다. 그렇다고 말려봤자 들을 것 같지 않았으므 로 아르슬란은 조금 잔꾀를 부렸던 것이다. 코를 고는 기사에게 잠자리를 마련해주도록 지시하고, 다음으로는 나르사스를 보며 고개를 끄덕였다. 즉시 행동에 착수하 라는 무언의 지시였다. 나르사스도 고개를 끄덕여 대답 하고 레타크(몸종) 엘람에게 재빨리 몇 가지를 전달했 다. 엘람이 뛰어나가는 모습을 지켜본 그가 시선의 방 향을 바꾸어 왕태자에게 웃음을 지었다.

"여기까지 왔는데 아쉽지 않으십니까, 전하?"

"글쎄. 아쉽지 않을 수야 없네만, 차라리 잘된 것이

아닌가 싶기도 하네."

아르슬란의 본심이었다. 아트로파테네 회전 이후 고생이 많았던 나머지, 상황이 너무 순조롭게 돌아가면 오히려 불안해지는 것이다. 방해나 장애가 있는 편이 당연하게 여겨졌다. 이제까지 투란이 손을 대지 않았던 것이 생각해보면 이상할 정도였다.

이 사정에 대해서 나르사스는 이미 추측을 하고 있었다. 아마 투란 국내에서도 이제까지 내분이 이어져 타국에 쳐들어갈 여유가 없었으리라. 국내가 어느 정도 안정되어 타국을 둘러보니 어느 곳이나 분열과 혼란의 위기가 아닌가. 잘됐다고 생각했으리라.

같은 기마민족이라 해도 파르스와 투란은 사회구조가 다르다. 파르스는 정착하여 농업과 상업을 꾸려나가지만 투란은 유목국가다. 풍요로워지려면 타국을 지배해 세금을 징수하거나 약탈하거나 둘 중 하나밖에 없다. 약탈은 투란에서는 범죄가 아니라 어엿한 산업인 것이다. 루시타니아처럼 신의 이름을 빌리거나 하지 않는 면이 숫제 떳떳할 정도였다.

두 마르즈반, '마르단후 마르단(전사 중의 전사)' 다륜과 '타히르(쌍검장군)' 키슈바드가 각자 부대를 통솔하기 위해 왕태자 앞에서 퇴실했다. 아르슬란은 근위무관이 된 자스완트 한 사람을 데리고 본영 근처에 위치한 소규모 마차 대열로 발을 옮겼다. 그들은 수습기사 에투알, 즉 에스텔이 이끄는 루시타니아 피난민 일행이었다. 싸우기 위해 되돌아가야 하니 그들과는 더 이상 동행할 수 없었다.

"그렇다면 우리를 내팽개치겠다는 말이군. 여기까지 동행했으면서 무책임하지 않아? 병자와 젖먹이를 데리고 있는 우리더러 어떻게 하라는 거지?"

그렇게 책망하지는 않을까 아르슬란은 걱정했다. 그러나 에스텔은 사과하는 아르슬란을 똑바로 쳐다보며 입을 다물고 있었다. 팔짱을 풀더니 그녀는 딱 두 달 연하인 외국의 왕태자에게 고개를 끄덕였다.

"적에게 공격당한 부하들을 구하러 가는 건 주군으로서 당연한 일이지. 얼른 가도록 해. 이제까지 병자와 젖먹이를 지키며 동행해준 데 감사하겠어."

아르슬란은 속으로 놀랐다. 에스텔이 용감한 소녀인 것은 알고 있었지만 이렇게 이해심이 깊은 데에는 솔직히 의외였다. 감사에 이어 에스텔이 물었다.

"그런데 투란인이란 놈들은 어떤 신을 섬기지?"

"자세히는 모르지만 태양을 숭배한다던걸. 태양신 다얀이라는 이름을 들어본 적이 있어."

"그렇군. 어차피 이교도네. 그러면 힘내서 전멸시키지 않을 정도로 싸우고 와. 살아남은 투란인들은 언젠가 이알다바오트 신을 믿게 해야 하니까 전멸시키면 곤란해."

농담인가 싶어 아르슬란은 에스텔의 얼굴을 새삼 쳐다보았지만 소녀는 진지했다. 아무튼 자신의 승리를 빌어준 것만은 분명했으므로 아르슬란은 고마움을 전하면서 충분한 식량과 의약품을 놓아두고 가겠다고 밝혔다. 소녀의 대답은 이랬다.

"거저 받을 마음은 없어. 빌려가겠지만 꼭 갚겠어. 그러니 살아서 돌아와. 너희 이교도는 죽으면 지옥에 떨어지니까 저세상에서는 갚을 수 없거든."

III

파르스군은 급속히 이동을 시작했다.

루시타니아군은 움직이지 않았다. 움직이고 싶어도 움직일 수가 없는 것이다. 여느 때 같으면 루시타니아인의 중심이 되어 판단을 내리고 명령하고 책임을 질 왕제 기스카르 공작이 지하감옥을 탈출한 파르스 샤오 안드라고라스 3세에게 포로가 되는 바람에 루시타니아군은 그를 구해내는 일만으로도 벅찬 상황이었다. 파르스군의 갑작스러운 움직임 뒤에 무언가가 있으리라 생각하면 더더욱 꼼짝할 수 없었다. 이를 갈면서 숨을 죽이고 지켜볼 수밖에.

나르사스 같은 현자라도 전지전능하지는 않다. 왕도 엑바타나 성내에서 무슨 일이 일어났는지를 완전히 파악하지는 못한다. 그는 일어날 수 있는 수십 가지의 사태를 머릿속에 예상해두었으며, 그중에는 '안드라고라스 왕이 자력으로 탈출했을 경우'도 있다. 그러나 예상하고 대책을 세운다 한들 그 사태가 바로 지금 벌어지리라는 것까지는 알지 못한다. 그것이 인간의 한계가 아닐까.

어쨌든 루시타니아군이 움직이려 하지 않는다면 파르스군에게는 고마운 일이다. 나르사스의 지시대로 진을 물리고 동쪽으로 이동을 시작했다. 다륜과 키슈바드의 지휘는 산뜻해서 심야의 이동인데도 혼란은 찾아볼 수 없었다.

이때 이미 파랑기스가 이끄는 기병 500은 심야의 달빛을 받으며 동쪽으로 질주하고 있었다. 파랑기스의 무용과 미모는 아르슬란군에서는 이미 숨길 수도 없어, 500기의 기병 또한 여성에게 지휘를 받는다는 사실을 부끄러워할 마음은 들지 않았다. 그뿐이랴, 오히려 마치 천상의 여신이 지휘하는 것처럼 들떴다. 실제로 파랑기스는 입을 다물면 여신 같은 품격이 있었다.

2파르상(약 10킬로미터)을 달려간 지점에서 일행은 한 사내와 마주쳤다. 걸어서 가도로 나와 느긋하게 손을 흔든다. 물론 쿠바드였다. 파랑기스는 기수를 돌려

키가 큰 사내의 곁으로 말을 댔다.

"그대는 누구신가. 뿔이 없는 것을 보니 악귀는 아닌 듯한데."

"페샤와르 성에서 온 사자에게 말을 빌려준 사람이네만."

"아, 그대가 우리의 은인이셨군. 그렇다면 빚을 갚아야지."

파랑기스가 신호하자 따르던 기사 중 하나가 빈 말 한 마리를 데려왔다. 이미 안장까지 얹어놓았다. 게다가 무거운 가죽자루 하나가 딸려왔다. 여기에는 사례로 사금이 담겨 있었다.

"원래는 좀 더 예의를 갖추어 사례를 해야겠으나 바삐 페샤와르 성까지 가야 하는 바, 금품으로만 형식을 갖춘 점을 용서해 달라는 왕태자 전하의 말씀이셨네."

"호오, 이거 참 각별한걸."

쿠바드는 혼잣말을 했다. 그가 감탄한 이유는 아르슬란의 배려도 배려지만, 그보다는 파랑기스의 미모 때문이었다. 기이브와는 달리 쿠바드는 시인을 자부하지는 않았으므로 예술적인 칭송을 입에 담지는 않았다. 그의 입에서 나온 것은 다른 말이었다.

"나도 페샤와르 성으로 가세. 조금이나마 도움이 될 텐데, 어떤가."

"무예에는 자신이 있으신가?"

"다소."

이 사내에게는 최대의 겸손이었을 것이다. 그러나 금세 본성이 나왔다.

"난 아마도 파르스에서 둘째가는 강자일 거라 자부하지."

얼마 전에 알게 된 메르레인이라는 젊은이의 말을 흉내 낸 것인데, 파랑기스에게는 별로 감명을 주지 못한 모양이었다. 무뚝뚝한 시선으로 쿠바드의 다부진 장신을 한 차례 훑더니 알아서 하라는 말과 함께 다시 말을 몰기 시작했다. 쿠바드는 씨익 웃고 알아서 하기로 했다.

투란군의 용맹과 날렵함은 파르스군에 필적할 것이다. 특히 야전능력은 놀라울 정도였다. 다만 공성전에는 별로 뛰어나지 못했다. 사트라이프 루샨 휘하 페샤와르 성새에서 농성 중인 파르스군을 격파하기란 쉽지가 않았다.

붉은 사암으로 이루어진 성벽은 두껍고 높아 투란군의 공격이 미치지 못했다. 공성용 병기도 그리 많지 않았다. 수비 측이 성문을 닫고 성벽 위에서 화살을 쏘아대면 투란군도 그 이상 손을 댈 수가 없었다. 어설프게 다가갔다가는 피해만 입을 뿐이라 겨우 2, 3일이기는 했지만 공방전은 고착상태를 보였다.

타르칸, 디자불로스, 일테리시, 보일라, 바스밀, 짐사, 카를룩 같은 투란의 유력한 무장들은 페샤와르 성새를 남쪽으로 내다보는 절벽 위에서 회의를 열었다. 투란인은 파르스인을 능가할 정도로 철저한 기마민족이다. 회의도 말 위에서 이루어져, 붉은 성을 멀리 바라보며 그들은 의견을 나누었다.

우선 타르칸이 입을 열었다. 얼굴 아래쪽 절반이 뻣뻣한 검붉은색 털에 뒤덮인 거한으로 가슴에도 팔에도 근육이 우락부락했다. 나이는 서른다섯이며 투란군의 맹장 하면 우선 그의 이름이 거론된다. 목소리도 무겁고 커서 듣는 사람의 뱃속까지 묵직하게 울려 퍼지는 것 같았다.

"페샤와르 성의 수비는 견고하오. 또한 파르스 놈들이 성에서 나와 싸우지 않는 이유는 어디까지나 원군을 기다리기 때문이니 우선 놈들을 성 밖으로 유인해야 하겠소만, 그것이 불가능하다면 포위를 중지하는 경우도 생각해보아야 할 거요."

다음으로 일테리시가 발언했다.

"파르스 놈들이 성새에 틀어박혀 나오지 않는다면 그건 그거대로 상관없다. 우리가 신두라를 쳐 없앨 동안

배후가 위험하지 않다는 소리니. 군을 돌려 신두라를
쳐야 하지 않겠나."

젊은 일테리시는 투란 왕가의 일원이며 지농(친왕親王)
이라는 경칭으로 불린다. 중키이며 볕에 그을린 얼굴의
이마와 왼쪽 뺨에는 새하얀 검상이 있다. 눈빛은 날카롭
고 사납다. 그의 아버지는 투란의 왕제였는데 다륜이라
는 이름의 파르스인과 싸우다 베여 죽었다. 복수심이 타
오르기는 했지만 동시에 야심도 있다. 파르스를 멸망시
키기 전에 신두라를 쳐 용명을 떨치고 싶다는 생각을 했
던 것이다.

"지농도 성미가 급하시오."

쓴웃음과 함께 지농 일테리시의 혈기를 타이른 것은
카를룩이었다. 투란 본국에 있을 때는 세리카나 파르스
에 사절로 간 적도 있으므로 넓은 견문을 가진 귀중한
인재였다. 다만 이를 뻐기는 경향도 조금 있다 보니 젊
고 기질이 격렬한 일테리시 같은 자들은 그에 대한 반감
을 감추려 하질 않았다.

"흥, 그러면 어떻게 하란 말인가. 이대로 붉은 성벽을
올려다보며 '안 무너지네, 안 무너지네.' 하고 우는 소
리나 하라고?"

"지농께서 그리하시고 싶으시다면 그리하시오."

"뭐야?!"

무시당했다고 생각했는지 일테리시의 안광이 칼날처럼 위험하게 번뜩였다. 카를룩은 꿈쩍도 하지 않았다.

"나는 그저 왕도 사만간에 계시는 카간(국왕)의 의향을 헤아렸을 뿐이오. 카간의 가장 큰 뜻은 무엇보다도 파르스 놈들에게 본때를 보여주는 것. 신두라의 차례는 그다음이라오."

사만간이라는 지명과 카간의 이름을 듣고 뭇 장수들의 표정이 살짝 굳었다.

투란의 왕도는 사만간이라고 한다. 왕도라 해도 파르스의 왕도 엑바타나와는 달리 높은 성벽이나 장엄한 시가지가 있지는 않다. 투란은 유목국가다. 평화로울 때는 광대한 영토 내를 오가는 카라반에게서 세를 걷거나, 은광이나 암염광이나 교역도시에서 나오는 수익으로 재정을 꾸려나간다. 투란인에게 정착사상은 없지만 지배를 위한 근거지는 필요하다. 그것이 사만간이며, 녹음이 풍부한 계곡에 세워진 왕궁 주위를 크고 작은 2만이나 되는 천막이 에워싸고 있다.

왕궁 그 자체도 거대한 파빌리온(대형 장막)이었다. 이를 본 파르스의 무역상이 기록한 바에 따르면 다음과 같은 정경이었다고 한다.

『……한 변이 백 걸음 정도 되는 거대한 사각형이며 높이는 기병이 사용하는 장창 세 개 정도는 된다. 파빌리온을 지탱하는 기둥은 열두 개. 하나의 굵기는 인간의 몸통만 하다. 천장 부분은 원형의 돔을 이룬다. 파빌리온의 벽 부분은 여섯 장의 두꺼운 천을 겹쳐 놓았으며 천 사이에 공기가 들어가 여름의 더위와 겨울의 추위를 차단할 수 있다. 가장 안쪽의 천은 비단이어서 투란의 카간은 이 비단을 세리카에서 구입하기 위해 양 1만 마리를 대금으로 지불했다고 한다. 비단에는 일곱 색깔 비단실로 미녀며 성수聖獸, 꽃을 수놓았다. 바닥에는 융단이 깔렸고 그 위에 모피나 작은 등나무 의자를 놓아두었다…….」

유목국가는 왕의 지도력에 따라 국위가 크게 변동한다. 올해 1월, 피비린내 나는 권력투쟁 끝에 카간 토크타미시가 즉위했다. 그는 신하들에게 이렇게 약속했다.

"남쪽의 풍요로운 재물로 국가를 부유케 하리라."

4년 전 파르스에게 패배하여 당시 왕제를 잃었던 원한도 있다. 게다가 파르스는 서쪽의 외국에게 침입을 받아 국내가 혼란스럽다는 보고도 들어왔다. 파르스 침공을 망설일 이유는 어디에도 없었다. 그렇게 투란은 남하를 개시한 것이다. 이러한 사정은 거의 나르사스가 추측한 대로였다. 투란에서 약탈은 어엿한 산업이므로, 부를 독점하는 놈들에게서 빼앗는 것이 무슨 잘못이냐고 주장할지도 모른다. 물론 빼앗기는 입장에서는 견딜 수 없다.

투란군이 페샤와르 성벽을 앞에 두고 태도를 결정하지 못하는 사이에 6월 4일 심야, 투란 진영에 혼란이 발생했다. 파르스의 1개 부대가 야음을 틈타 페샤와르 성으로 잠입을 시도한 것이다.

파랑기스가 이끄는 선발대였다.

"분수도 모르는 파르스 놈들, 소수 병력이면 어둠을 틈타 잠입할 수 있을 줄 알았더냐. 경솔했다고 후회하게 해 주마."

보통 투란인은 파르스인보다도 밤눈이 밝다. 과거에 파르스군은 야전에서 이따금 투란군에게 혼쭐이 난 경험이 있다. 파랑기스 또한 이 사실을 잘 알았지만 이 경우 어둠을 이용하는 것 말고는 방법이 없었다. 일단 책략은 마련해두어 쿠바드가 미끼 역할을 맡기로 했다. 여느 때 같으면 파랑기스는 더 위험한 역할을 남에게 맡기려 하지 않았겠지만 기이브나 이 애꾸눈 사내 앞에서는 위험이 꼬리를 말고 내빼지 않을까 하는 기분마저 들었다.

쿠바드는 미끼답게 요란한 행동을 보였다. 주어진 부하에게 지시하여 투란군의 진영에 불화살을 쏘고 대검을 휘둘러 좌우를 휩쓸어댔다. 그러자 그 모습을 향해 맹렬히 말을 몰아 달려오는 투란군의 기사가 있었다.

"나의 이름은 일테리시. 투란 왕가의 일원이자 지농 칭호를 가진 몸이시다. 페샤와르 성벽에 당도하고 싶다면 나의 말 앞을 힘으로 지나가 보거라!"

일테리시는 기껏 파르스어로 큰소리를 쳤는데 정작 상대는 귀찮다는 듯 흘려넘기고 말을 몰아 지나가려 했다.

"네놈은 무장이 자기소개를 하는데 끝까지 듣지도 않느냐. 예의를 모르는 야만인 같으니!"

고함을 지르고 교묘하게 말을 몰아 일테리시는 검을 내리쳤다. 상대는 검을 들어 이를 뿌리쳤다.

칼 부딪치는 소리가 주위에 울려 퍼지고 불꽃이 튀어 밤 한구석에 조그만 낮을 만들었다. 일테리시는 상대의 왼쪽 눈이 없다는 사실을 확인했으나 금세 어둠이 그 광경을 가려버렸다. 상대는, 다시 말해 쿠바드는 제대로 상대할 마음이 없었다. 일테리시의 참격을 흘려내고 기수를 페샤와르 성 방향으로 돌렸다. 어깨 너머로 얄밉게 한마디를 던지면서.

"오늘은 이만 봐주마. 냉큼 돌아가서 엄마 젖이나 먹어라."

"네 이놈, 감히 헛소리를……!"

일테리시는 약이 바짝 올랐다. 말을 채찍질해 돌진하여 검을 쳐들고 내리쳤다. 다시 칼 부딪치는 소리와 불꽃이 어둠 속에 피어났다. 불꽃이 갑주 위에 만개해 숯

제 요사스럽기까지 한 광채를 순간적으로 흩뿌렸다.

일테리시는 강했다. 쿠바드도 더 이상 한 손으로 가볍게 흘려넘길 수는 없었다. 방어에서 공격으로, 진지하게 싸우고자 태세를 바꾸었다. 강렬한 참격이 일테리시에게 짓쳐들어 받아낸 검신을 통해 마비되는 듯한 압력이 전해졌다.

참격의 응수는 5, 6회 이어졌으나, 애초에 적과 아군이 격렬히 뒤얽혀 싸우는 환경 속에서 1대 1을 유지하며 맞붙기란 어려운 일이다. 사이에 다른 인마가 끼어들면서 쿠바드와 일테리시는 떨어지고 말았다. 두 사람의 모습을 삼키고 혼전의 소용돌이는 더욱 확대되었다.

그 혼란을 곁눈질하며 파랑기스는 투란군의 진영 한복판으로 말을 몰아 뛰어들었다. 목적은 투란군을 베는 것이 아니라 페샤와르 성문에 당도하는 것이었다. 쿠바드가 화려한 활약으로 투란군의 주의를 끄는 동안 파랑기스는 한 걸음이라도 성에 다가가야만 했다. 그러나역시 들키고 말았다.

"파르스군이……!"

고함을 지르려던 투란 병사는 파랑기스를 향해 검을 들이댄 순간 짧은 단말마의 비명과 함께 말에서 공중제비를 돌며 떨어졌다. 파랑기스가 지근거리에서 화살을 쏜 것이다. '와!' 하는 함성이 터지더니 칼을 든 투란 병사들이 건방진 파르스인을 향해 좌우에서 달려들었다. 잇달아 활시위 소리가 울리고 비명과 낙마 소리가 이에 호응했다. 파랑기스의 궁술과 기마술은 신기의 영역에 달한 것 같았다. 밤눈이 밝은 투란 병사들도 그녀의 변화무쌍한 행동에 어떻게 대처해야 좋을지를 몰랐다.

"호오, 파르스 최고의 활잡이는 저 여자일지도 모르겠는걸. 그 메르레인인지 하는 친구가 보면 실력을 겨루고 싶어지겠어."

난전 속에서 대검을 휘두르는 쿠바드에게는 파랑기스의 활솜씨를 관찰할 여유까지 있었다. 일테리시라던 적의 용사가 혼전 속에서 쿠바드를 찾아 헤매는 목소리가 들렸다. 물론 쿠바드는 무시했다. 어차피 중과부적인데다 그에게는 달리 목적도 있다. 강적을 상대로 검술을 겨룰 때가 아니었다.

파랑기스는 수십 명의 부하와 함께 성문 앞에 도달했다. 몰려드는 투란 병사들을 쓸어내고 몰아내며 성벽 위에 소리쳤다.

"개문開門! 문을 열라! 나는 왕태자 전하의 사자 파랑기스다."

잘 울리는 음악적인 목소리가 페샤와르 성 주둔군 장병들의 기억에 남아 있었다. 성벽 위에서 방어 지휘를 맡던 루샨이 서둘러 신호했다. 모래자루 몇 개가 이동하고 성문이 좁은 폭으로 열리자 그곳을 통해 파랑기스가 말과 함께 뛰어들었다. 뛰어들자마자 기수를 돌리며 뽑아 든 검을 휘둘렀다. 그녀의 뒤를 따라 뛰어들려던 투란 병사가 목덜미에 일격을 받아 포석에 내동댕이쳐졌다. 이어서 쿠바드가 뛰어들었다. 결국 입성에 성공한 파르스 병사는 100기도 되지 않았으며 나머지는 당초 예정대로 어둠을 이용해 도망쳤다. 그들은 동쪽으로 향해, 아르슬란의 본군과 합류하게 되어 있었다.

"사흘일세. 사흘만 기다리시게. 그러면 파르스 전군이 도우러 달려올 터이니. 왕태자 전하께서는 결코 아군을 버릴 분이 아니시네."

파랑기스의 목소리에 환성이 터져 나왔다.

"파랑기스 님만이 아니라 마르즈반 쿠바드 경까지 달려와 주셨다. 용기만 있고 지혜가 없는 투란군 따위 두려워할 필요 없다!"

루샨이 힘차게 선언하자 다시 환성이 일었다. 파랑기스는 옆을 보았다. 온몸에 적의 피를 뒤집어쓴 애꾸눈 장한이 느긋하게 병사들의 환호에 호응해 다부진 오른팔을 슬쩍 들고 있었다.

"그대는 마르즈반이셨나."

"일단은."

"그렇군. 마르즈반 중에도 별별 사람이 다 있는 모양이지."

칭찬이라고는 여겨지지 않는 파랑기스의 감상이었다.

IV

파르스군은 당분간 자축해도 좋을 만한 결과를 얻었으나 투란군은 분노와 실망을 금할 수 없었다. 눈 뜨고 파르스군의 입성을 허용해버리는 바람에 성내의 사기는 눈에 뜨이게 올라간 것 같았다.

지농 일테리시는 위압적으로 동료 장군들을 비난했다.

"고작해야 계집 하나에게 쫓겨 진형을 무너뜨리고 도망쳐 돌아오다니, 너희가 그러고도 투란의 무인이냐! 자신의 이름과 선조의 공적에 부끄러워해라!"

일테리시의 질타를 받은 타르칸 이하 무장들은 망연자실했다. 물론 잘못하기는 했지만 일테리시에게도 책임이 없지는 않았다.

"알았나? 이렇게 된 이상 명예를 회복하기 위해 반드시 페샤와르 성을 함락시키고, 입성한 그 계집을 붙잡아다 본때를 보여주어야 한다."

일테리시의 주장에 타르칸이 반론했다.

"본말을 전도하셔서는 아니 되오. 우리의 목적은 파르

스를 멸하고 오랜 대립에 결판을 내는 것이오. 고작해야 여자 하나를 잡아 쾌재를 부르다니 좀스럽지 않소. 어차피 파르스가 멸망하면 그 여자도 당연히 혼이 나게 될 텐데."

정론이었다. 일테리시가 입을 열려 했을 때 카를룩이 이를 앞질러 말했다.

"분명 자네 말이 옳네. 그러나 파르스 국내에 침입한 후로 전황은 전혀 만족스럽지가 못하네. 카간께서도 불쾌하시겠지. 무언가 타개책은 없겠나?"

"생각이 없는 것은 아닐세. 이런 방법은 어떤가?"

타르칸의 제안은 페샤와르 성을 포기하고 대륙공로를 따라 서쪽으로 나아가자는 것이었다. 페샤와르 성을 구하기 위해 서쪽에서 파르스의 대군이 돌아오고 있음은 의심할 여지도 없다. 페샤와르 성을 공격하며 시간과 병력을 소모하느니 성을 버리고 서진하여 파르스군을 기다려야 하지 않겠는가. 파르스 본군을 쳐부수면 페샤와르 성은 뿌리를 잃은 나무나 마찬가지. 속수무책으로 말라죽고 말리라는 의견이었다.

"다시 말해 파르스군과 정면으로 야전을 벌이자는 거요. 설마 질 거라 생각하는 자는 없겠지."

타르칸이 웃자 일테리시는 반쯤 격분한 것처럼 끼어들었다.

"다른 놈들은 몰라도 나는 지지 않는다. 그러나 문제는 그것이 아닐 텐데. 카간 토크타미시 폐하의 뜻을 생각해보라. 그러한 방식을 카간께서 바라실지 어떨지."

그렇게 내뱉더니 혼자 기수를 돌려 회의 자리를 떠버리고 말았다. 남은 뭇 장수들은 다소 씁쓸하게 목소리를 낮추었다.

"지농도 공을 얻고자 혈안이시군."

"무리도 아니지, 카간께서 친정親征하시기 전까지 하다못해 페샤와르 정도는 함락시켜야 지농의 체면이 설 테니."

"그게 어디 지농에게만 국한된 이야기인가. 우리도 카간께 무어라 설명을 드려야 좋을지. 엄격한 분이니."

무장들은 침묵하고, 이윽고 타르칸이 중얼거렸다.

"지농께서 마지막에 하신 말도 일리가 있네. 파르스 본군 격멸은 카간을 위해 남겨두지 않는다면 훗날 우리가 역정을 살 걸세."

"적당히 싸우란 소리군."

자조하듯 카를룩이 동의했다.

이튿날 아침부터 투란군의 공격은 지극히 격렬해졌다. 한번 공성을 하기로 결정했으면 전력을 다하겠다는 태세였다. 투란군의 병력은 6만, 모두 기병이었다. 이들 중 3만이 파르스 본군의 공격에 대비해 서쪽에 배치

되었으며 나머지 3만이 페샤와르 성을 포위하고 화살을 퍼부으며 성문을 통나무로 치고, 성벽에 쐐기를 박아 기어오르려 했다. 파르스군은 응전에 내몰렸다. 쿠바드 가 병사들을 독려했다.

"걱정하지 마라. 허풍선이 쿠바드가 함께 있다. 미녀 의 무리라면 모를까, 초원의 양치기 놈들에게 성을 넘 겨줄 수는 없지."

이자는 '허풍선이'라는 별명을 '마르단후 마르단'이 나 '타히르' 같은 명예로운 별명에 필적한다고 생각하 는 모양이었다. 병사들은 자신도 모르게 웃고, 그러면 서 피로와 불안을 잊고 사기를 높여 투란군의 맹공에 맞 섰다. 쿠바드라는 자는 키슈바드나 다륜과 다른 자신만 의 방법으로 병사를 어려움에 맞서게 하는 방법을 아는 것이다.

투란군은 투석기를 가지고 왔다. 이제까지 점령했던 토지의 기술자에게 병기를 만들게 하는 것이 투란의 방 식이다. 재료도 가까운 곳에서 조달한다.

투석기의 성능은 좋다고는 할 수 없었다. 인간의 머리 통만 한 크기를 가진 돌을 50개 정도 페샤와르 성내에 쏘았지만 반동을 이기지 못해 투석기 자체가 산산이 부 서지고 말았다. 두 번째 투석기가 나왔지만 파랑기스가 투석기를 조종하는 병사를 먼 거리에서 화살로 쏘아 쓰러뜨렸다. 그래도 새로운 병사가 투석기를 움직이려 했으므로 파랑기스는 이번에는 투석기를 조립해놓은 나무못을 노려 불화살로 쏘았다. 못이 망가져 투석기는 분해되면서 불에 타버렸다.

파랑기스의 신기에는 적도 아군도 경탄했으나, 투석기를 단념한 투란군은 이번에는 땅을 파기 시작했다. 지하도를 파 성내로 침입하는 길을 만들려는 것이다. 공사현장에는 방패를 세워 화살을 막고 1만 명의 병사가 맹렬히 흙을 파내는 작업에 착수했다. 여기에는 당장 대항책을 세울 도리가 없었다. 이쪽도 지하도를 파고 그곳에 물을 흘려보내면 어떨까 파랑기스가 궁리하던 사흘째 새벽녘이었다.

"파르스군이다!"

경악한 외침이 투란군의 귀를 후려쳤다. 투란의 장군들은 침소에서 벌떡 일어나 말에 뛰어올랐다.

투란군은 파르스군이 서쪽에서 오리라 믿고 그 방향에 군의 주력을 배치한 채 대기하고 있었다. 그러나 군사 나르사스의 계획에 따라 파르스군은 대륙공로 남쪽으로 크게 우회해, 일단 신두라 왕국의 영토로 들어갔다가 밤에 동쪽으로부터 페샤와르 성새 바로 근처까지 몰래 다가왔던 것이다.

이리하여 새벽녘, 파르스군과 투란군은 페샤와르 성

동쪽 일대에서 충돌했다. 투란군의 입장에서는 성 안의 파르스군과 성 밖의 파르스군에게 협공을 당한 꼴이었다. 광대한 평원에서는 파르스군과 호각으로 싸울 수 있는 투란군이지만 이때는 기선을 제압당해 자신들의 포진 안으로 파르스군이 돌입하도록 허용하고 말았다. 파르스의 장군들이 진두에서 말을 몰아 돌입했다.

"타국의 불행을 틈타 명분도 없는 전쟁을 일으키려는 무뢰배들아. 그러고도 초원의 패자를 자청하느냐! 남이 먹다 버린 썩은 고기나 주워 먹으니, 앞으로는 투란을 초원의 들개라 불러주마."

그렇게 적군을 일갈한 것은 '타히르' 키슈바드였다. 좌우 두 손에 두 자루의 검을 번뜩이고 두 다리만으로 말을 몰며 금세 투란 병사의 피로 검을 물들였다. 그 웅장한 모습을 보고 말을 몰아 달려간 사람은 용장 보일라였다. 키슈바드가 다시 독설을 퍼부었다.

"분수도 모르는 야심은 자신만이 아니라 조국까지도 망하게 만들 텐데? 스스로 망국의 백성이 되어 어리석은 이름을 역사에 퍼뜨리고 싶으냐?"

"네놈이야말로……."

여기서 말문이 막혀버리는 것은 파르스인만큼 파르스어를 하지 못하는 외국인의 슬픔이었다. 대륙공로에서 국제공용어로 인정받는 언어는 파르스어와 세리카어뿐이므로 피차 의사소통을 하려면 투란인이라도 파르스어로 말해야만 한다.

"시끄럽다! 이거나 받아라!"

소리치자마자 창을 휘두르며 달려들었다. 그 일격은 기세도 속도도 보통이 아니었으나 키슈바드는 왼쪽 검으로 산뜻하게 받아 흘리면서 오른손의 검을 짧고 날카롭게 수평으로 그었다. 칼날은 텅 빈 보일라의 목덜미를 갈라야 했지만 투란의 용장은 교묘하게 창자루를 움직여 참격을 튕겨냈다. 말이 요동치고 두 사람의 위치가 바뀌었다.

키슈바드가 보일라와 격전을 벌이는 동안 흑의기사 다륜은 투란 진영 한복판으로 말을 몰아 달려갔다. 좌우의 부하들에게 지시를 내리고 교묘하게 투란군을 이리저리 흩어놓으면서 페샤와르 성문으로 다가갔다. 그러나 여전히 두려워하지 않고 그에게 달려드는 투란 기사가 있었다.

"오! 그 흑의를 보니 네놈이 다륜이구나."

투란 기사의 두 눈이 번갯불처럼 위험한 광채를 발했다. 지동 칭호를 가진 일테리시였다.

"돌아가신 아버지의 원수, 천여 일 동안 네놈에 대한 원념을 잊은 날이 없었다. 오늘 이 자리에서 네놈의 죄를 갚거라!"

대체 몇십 명의 복수자가 자신의 목숨을 노리는지 다
룬은 헤아릴 마음도 들지 않았다. 인간으로서 인간의
생명을 빼앗는 일은 죄악이 분명하나, 모두 정정당당한
싸움의 결과였으며 스스로 자신에게 부끄러울 만한 일
은 하지 않았다고 생각했다. 그렇다고는 해도 상대가
다룬을 증오하는 것 또한 인지상정이니 이런 상황도 자
연스러운 일이다.

　"그대가 누구인지는 모르겠으나 그대에게만 목숨을
잃는다면 다른 자들에게는 도리가 아니겠지. 여기서 죽
을 수는 없다."

　"안심해라. 그놈들에게는 내가 사과해주마!"

　호언장담과 동시에 일테리시가 돌진했다. 무시무시한
1대 1 대결이 벌어지려던 찰나, 그들의 주위에서 수많
은 화살 소리가 들리더니 눈먼 화살 한 대가 일테리시가
탄 말의 목을 꿰뚫었다. 말은 비틀거리며 비명을 지르
고 기수는 저주와 분노에 찬 고함을 지르며 그대로 흙먼
지 속에 쓰러지고 말았다.

　"훗날 다시 싸우세."

　그 말을 남기고 다룬은 원래의 목적지였던 페샤와르
성문을 향해 흑마를 몰았다. 그러자 어느샌가 그의 눈
앞에서 성문이 열리고 안에서 튀어나온 기사가 대검을
휘두르는 모습이 보였다.

"오오, 쿠바드 경 아닙니까!"

다륜이 눈을 크게 떴다.

"아트로파테네 이후로 뵙지 못하였는데 무사하셨다니 다행입니다. 왕태자 전하를 도와주시려는 겁니까?"

"이 몰골을 보면 당분간은 그럴 것 같지?"

천연덕스레 대답하는 동안에도 쿠바드의 대검은 무거운 금속성을 내며 투란 병사의 투구를 가르고 목과 몸통을 떼어놓고 모래 위에 피의 모자이크 무늬를 그려냈다. 다륜도 쿠바드다운 대답에 웃음으로 대답하며 자신의 장검을 종횡으로 놀렸다.

다륜과 쿠바드가 말을 나란히 한 채 검을 휘둘러 허공에 피의 무지개를 그려내는 모습은 파르스 병사들에게 더할 나위 없이 믿음직한 광경이었다. 물론 투란 병사들에게는 이 두 사람이 인간의 형상을 한 재앙 그 자체였다. 움츠러들고 두려워하며, 죽음의 선율을 연주하는 두 자루의 검으로부터 멀어지기 시작했다.

후퇴를 알리는 뿔나팔이 투란 진영 한복판에서 울려 퍼졌다. 형세가 불리하다 판단하고 카를룩이 뿔피리를 든 병사에게 명령한 것이다. 투란군은 난전 속에서도 질서를 잘 유지하며 후퇴하기 시작했다. 키슈바드를 상대로 20합 이상이나 싸웠던 보일라도 결판을 내지 못한 채 창을 거두고 기수를 돌렸다.

이제까지 무인지경을 가듯 진격했던 투란군은 페샤와르 성 공략 실패를 계기로 모래폭풍 같은 진격을 중지하고 말았다.

왼쪽 어깨에 샤힌(매) 아즈라일을 얹고 왕태자 아르슬란이 입성하자 페샤와르 성은 열광적인 환호성에 휩싸였고, 왕태자를 마중한 사트라이프 루샨은 감격의 눈물을 흘렸다. 파르스군 입성 소식을 들은 신두라 라자 라젠드라는 당장 기병 1만과 보병 2만, 여기에 전투코끼리 부대까지 이끌고 맹약을 지키기 위해 가겠노라는 전갈을 보냈다. 정세는 단숨에 호전된 것 같았다.

"나 원. 그분은 이번에도 자기 사정만 보고 머리를 굴릴 생각인 모양이군."

키슈바드가 쓴웃음을 짓자 다른 자들도 같은 표정으로 얼굴을 마주 보았다. 신두라 라자 라젠드라는 투란군과 파르스군의 전투를 계산적으로 구경했을 것이 틀림없었다.

"분명 양측 군대가 한꺼번에 쓰러지기를 신두라의 신들에게 기도했을 테지."

다륜의 의견에 반대하는 사람은 아무도 없었다.

한편 투란군은 페샤와르 성 서쪽 1파르상(약 5킬로미터) 지점에 재집결해 6월 8일, 진형을 갖추고 성 앞으로 진군했다. 파르스가 이에 맞서 싸우고 있을 때 지진이 일어났다.

상당히 강하고 긴 지진이었다. 이것이 멎자 파르스군도 투란군도 약간 기세가 꺾여 싸우지 않고 창을 거둔 채 각자 진영으로 돌아갔다. 양국의 장병들은 이제까지 어지간해서는 경험한 적이 없는 지진의 규모에 대해 서로 이야기를 나누었다. 특히 파르스인들은 단순히 지진의 규모만이 아니라 등줄기에 무언가 형언할 수 없는 으스스함을 느껴 목소리를 죽이기까지 했다. 나쁜 일이 일어나지 않는다면 좋겠다고 중얼거리며, 저도 모르게 고개를 움츠리고 주위를 둘러보는 것이었다.

"진(정령)들이 참으로 소란스럽군. 북서쪽 방향에서 무언가 사위스러운 바람이 부는 모양인데……."

카히나 파랑기스는 모양 좋은 눈썹을 찡그리고 근심을 담아 성벽 위에서 북서쪽 방향을 바라보았다. 서로 겹쳐진 연보라색 산릉 저편에는 한층 높고 험준한, 기괴한 산세와 불길한 전설을 가진 산이 있을 것이다. 이름은 데마반트라고 한다.

제2장 마의 산

I

　왕태자 아르슬란이 페샤와르에 재입성을 이루었다 해
도 사실 크게 경사스러운 일은 아니었다. 한 달 전에 페
샤와르를 출발해 대륙공로를 따라 루시타니아군의 성새
두 곳을 함락시키고 겨우 왕도 엑바타나로 가는 여정의
절반 정도에 도달하려던 시기에—— 페샤와르부터 재
시작하게 되고 말았으니까.

　"전부 헛수고였단 말인가. 허무하군."

　그렇게 내뱉고 허탈감에 젖어도 할 말이 없겠지만, 아
르슬란은 그러지 않았다.

　"페샤와르가 함락당하지 않아 다행이다. 죽은 사람도

적었고, 정말 다들 잘 버텨주었다. 신두라의 라젠드라 왕자와 힘을 합칠 수도 있었으니 아무튼 잘되지 않았나."

매사의 좋은 점만을 거론해 그렇게 말하니 다들 어쩐지 기분이 고양되어 눈앞의 사태가 그리 심각하지 않은 것처럼 여겨졌다. 사실 대륙공로 위에는 투란의 대군이 눌러앉아 있으니, 그들을 배제하기 전까지는 왕도 엑바타나로 재진격하기는 불가능한 상태였지만.

군사 나르사스가 입성 이후 어딘지 생각에 잠긴 듯하여 마르즈반 다륜이 이유를 물었다. 미래의 궁정화가는 페샤와르 성벽 위에서 목소리를 낮추고 대답했다.

"사실은 왕도 엑바타나의 분위기가 다소 신경이 쓰여서."

"어떤 점이?"

"루시타니아군의 반응이 이상하게 둔한 것 같아. 우리 군이 후퇴하는데 전혀 손을 대지 않았으니."

"이봐, 새삼스레 무슨 소린가."

다륜은 쓴웃음을 지으며 벗을 바라보았다. 루시타니아군이 파르스군의 후퇴를 알고도 손을 대지 않았던 이유는 책략이 있을까 경계해서일 것이다. 엑바타나 성벽 안에 있는 한 그리 쉽게 패배할 리가 없으리라 판단한 루시타니아군이 팔짱을 낀 채 파르스군의 후퇴를 지켜보았다면 나르사스의 책략이 적중한 셈 아닌가. 다륜은 그렇게 생각했지만 사실은 그게 아니었던 걸까. 루시타니아군이 왕도에서 움직이지 않았던 중대한 이유가 달리 있었단 말인가. 다륜의 표정을 보고 나르사스가 입을 열었다.

"성벽 밖에 있는 적은 루시타니아인들에게 그리 두려워할 대상이 못 될 테지."

"자네 말은 왕도 안에서 무언가 이상사태가 발생했을지도 모른다는 건가?"

다륜의 물음에 나르사스가 고개를 끄덕이고, 다음에는 슬쩍 상반신을 움직였다. 둔중한 소리가 나더니 성벽 위에 화살 하나가 꽂혔다. 성 밖의 투란군이 멀리서 활을 쏘았던 것이다.

"명중했으면 역사가 바뀐단 말이다."

태연히 중얼거리더니 나르사스는 지상의 적에게 짐짓 손을 흔들어 보였다. 노기를 띤 투란어 고함소리를 무시하고 성벽 위의 흉벽에 몸을 기댄다. 더욱 생각에 잠긴 모습이었다.

루시타니아군은 이미 한 나라를 정복했으며, 더해서 또 한 나라를 절반 이상 정복했다. 그 과정에서 무리도 했을 테니 모순이나 파탄도 나올 것이다. 당연히 내분이 한둘 정도 생겨도 이상할 것이 없다. 다륜도 그렇게 여겼으나 나르사스의 생각은 더욱 깊은 모양이었다.

다륜은 굳이 그 이상 묻지 않았다. 벗의 숙고를 방해

해서는 안 된다는 것을 잘 안다. 어차피 며칠 안으로 나르사스는 결론을 도출해 눈앞의 적 투란군과 결판을 낼 것이다. 그렇게 생각하고 있으려니 나르사스가 다른 말을 입에 담았다.

"투란은 궁지에 몰리면 루시타니아와 손을 잡을지도 모르네."

"루시타니아에게 투란은 이교도인데, 그래도 손을 잡을까?"

"지금 우리는 신두라와 손을 잡는 형국일세. 라자 라젠드라는 파르스의 신들을 믿지 않지."

"그건 그렇군."

"그렇다 해도 그건 그거대로 상관이 없네. 3, 4년 전에도 그러했네만 어정쩡한 동맹만큼 파고들기 쉬운 것도 없지. 든든한 아군도 하나 늘었고 말이야."

쿠바드 이야기였다. 이름난 호걸인 데다 다륜, 나르사스, 키슈바드와도 안면이 있는 사내다. 아르슬란은 물론 기뻐하며 그를 진영에 맞이했으나 입성한 후로 쿠바드는 술을 마시고 자기만 했다. 주위에 아군이 늘어나면 긴장이 풀려버리는 자였다. 물론 그도 나름대로 주제넘게 나서지 않도록 배려하고 있는지도 모른다.

"하지만 군사님도 이모저모로 고생이 끊이질 않는걸."

"으음. 역시 예술가는 속세 일에 관여하지 말아야겠

어. 냉큼 속세를 정리하고 아름다운 회화의 세계로 돌아가고 싶네."

"그림은 자네에게 뭐라고 할지."

다륜의 목소리는 나직했으므로 나르사스의 귀에는 들리지 않았다. 성벽 밖에서는 여전히 포위 중인 신두라 군의 함성이 바람을 타고 흘러왔다. 그들은 페샤와르의 견고한 성벽을 공격하다 지쳐버렸지만 어쨌거나 포위망은 유지했으며, 국경에 도달한 신두라 군은 피해를 입지 않고자 투란군의 진영을 지켜보기만 했다. 그야말로 라젠드라 왕다운 계산적인 방식이었는지라, 그를 신뢰하는 아르슬란 왕자가 사람이 얼마나 좋은 건지 다륜은 걱정이 들었다. 그 심정을 헤아린 나르사스가 아르슬란 왕자를 평가했다.

"남의 위에 선 자는 전하처럼 되어야 하네. 비관적인 일은 자네나 내가 생각하면 돼. 어둠 속에서 빛을 발견할 수 있는 인물이 아니라면 새로운 시대를 세울 수 없어."

그렇게 평가하여 벗이 기쁨에 고개를 끄덕이게 한 후, 나르사스는 이 자리에 없는 동료를 떠올렸다.

"요즘은 악사님에게서 연락이 없군. 객사할 친구는 아닌데, 어디를 얼쩡거리고 있는지."

한편 페샤와르 성 북서쪽의 첩첩산중 한 곳에서는 또 다른 예술가가 고독한 여행을 하고 있었다. 기마민족인 파르스인들도 험준한 산악지대를 말로 다니기란 쉬운 일이 아니다. 그러나 남색 눈동자에 활달한 표정을 머금은 그 우아한 사내는 놀라울 정도로 뛰어난 기수였다. 낭떠러지를 따라 난 가느다란 길도, 돌투성이 절벽도, 다리가 없는 강도 대수롭지 않게 말을 몰아 나아갔다. 마의 산이라 두려움의 대상이 되는 데마반트 산 안으로, 안으로 말과 함께 들어가는 것이다. 안장에는 우드(비파)가 걸린 것이 보였다.

'유랑악사'를 자칭하는 기이브였다.

아르슬란 일행과 잠시 헤어진 그는 타고난 모험심과 호기심에 등을 떠밀려, 또한 그 외의 기묘한 유혹에 사로잡혀 데마반트 산으로 발을 들인 것이었다. 데마반트 산은 선량한 파르스인에게는 공포와 혐오의 대상일 뿐이었다.

기이브는 그런 금단의 땅에 일부러 들어갔다. 아르슬란 일행이 급보를 받고 페샤와르 성으로 군을 되돌린 동안 그는 다른 위험한 길을 나아가고 있었던 것이다.

후세에 샤오 아르슬란의 전기를 쓰려 하는 파르스의 역사가들은 321년 6월에 일어난 일을 기록하기 위해 온갖 궁리와 고생을 거듭하게 되었다. 사실 파르스력 321

년 6월이라는 달은 수많은 중대한 사건이 동시에 나란히 일어나 이를 하나하나 파악하기가 쉽지 않았다.

그 책임의 일부는 기이브에게도 있다. 이 자유분방한 사내가 데마반트 산을 올라가야겠다는 쓸데없는 마음을 품지 않았다면 분명 사건의 숫자가 조금은 줄어들었을 것이다.

물론 기이브는 후세 사람들의 곤혹 따위 알 바 아니었다.

말을 몰아 나아감에 따라 시야는 색채를 잃어갔다. 자욱한 구름이 햇빛을 가로막고 수목은 줄어들어 회갈색 절벽이며 알몸뚱이 바위너설이 많아졌다. 여기저기서 오가던 새 울음소리도 아름다운 지저귐에서 괴이한 외침으로 바뀌었다. 바위틈에서 독연기가 솟아나고 늪에서는 장독이 피어난다. 파르스의 산야는 풍부한 생명의 아름다움으로 넘쳐나는데도 데마반트 산역에 발을 들이면 그런 것들이 모조리 사라져 황량한 압박감만이 밀려든다.

그 압박감을 느꼈는지 어떤지, 기이브는 품평하듯 시선을 주위로 돌리더니 넌더리를 내는 것처럼 어깨를 으쓱했다.

"정말 난감하군. 벌써 사흘이나 여자 얼굴을 못 보다니. 이러다 자칫 산속에서 추녀라도 만나 미녀라 착각하면 조상님들을 뵐 낯이 없는데."

혼자 있어도 밉살맞은 소리를 하는 자다. 넓은 의미에서 보면 데마반트 산역은 사방 7파르상(약 35킬로미터)에 이르는데, 이곳에 들어오기 전에 기이브는 근처 마을에서 술과 식량을 사들였다. 방한용 양피로 만든 망토도 구입했다. 여름이라고는 해도 내륙 산악지대는 밤이 되면 갑자기 추워지기 때문이다.

이리하여 데마반트 산역에 들어온 기이브는 이틀째 밤이 다가왔을 무렵 산길에서 기묘한 것을 발견했다. 찍힌 지 얼마 되지 않은 말발굽 자국이었다. 그것도 하나가 아니었다. 아마 수십 기도 넘는 기마의 대열이 다른 지점을 통해 올라와 기이브의 앞으로 나아갔던 것이다.

"이거 참. 데마반트 산에 선량한 사람이 다가올 리가 없는데. 나만 빼고. 그렇다면 이건 도적이나 산적 둘 중 하나겠군. 분명 선량한 놈들은 아닐 거야."

제멋대로 추측하고 기이브는 검에 슬쩍 왼손을 가져갔다. 그는 대담하지만 무모하지는 않았으므로 다수의 기마대와 맞닥뜨리는 어리석은 짓을 저지를 마음은 없었다. 주의하면서 다시 반 파르상(약 2.5킬로미터) 정도 산길을 나아간 기이브는 말을 세우고 바위 뒤에서 하룻밤을 보내기로 했다. 땅거미가 지기 시작하는 가운데, 전방에서 야영 불빛을 발견했기 때문이다. 이 이상 다가가는 것은 어떤 의미에서도 위험했다.

Ⅱ

아침 첫 햇살이 눈꺼풀을 쓰다듬어 기이브는 눈을 떴다. 어젯밤에는 불을 끄고 자야 하므로 몸을 안쪽부터 따뜻하게 만들고자 나비드(포도주)를 마시고 잠자리에 들었지만 효과도 새벽녘에는 사라져 몸이 떨릴 정도로 쌀쌀했다. 시냇물로 얼굴을 씻고 입안을 헹군 다음 아침 시간 내내 몸을 다시 따뜻하게 만들었다. 손바닥에 황설탕을 얹어 말에게 먹여주고 있으려니 뺨에 물방울이 느껴졌다. 시선을 들 틈도 없이 풀 위에 조그만 빗소리가 들려왔다.

"이번엔 비야? 아무래도 이 산에게 미움을 사고 있나 본데. 그건 곧 내 마음씨가 착하기 때문이겠군."

불안정한 날씨를 자기에게 좋을 대로 결론을 도출해놓고 기이브는 말에 안장을 얹었다.

"데마반트 산에 내리는 비는 사왕 자하크의 눈물이라던데. 참회의 눈물일 리는 없으니 울분의 눈물이겠지."

사왕 자하크의 이름을 모르는 파르스인은 젖먹이뿐일 것이다. 그 이름은 암흑의 날개를 펼쳐 사람들의 마음에 전율의 찬바람을 불어넣는다. 위대한 성현왕 잠시드를 살해하고 천 년에 걸쳐 암흑의 치세를 펼쳤던 마왕인 것이다. 두 어깨에는 두 마리의 뱀이 돋아났으며 그 뱀은 인간의 뇌를 양식으로 삼아 불사의 생명을 유지했다.

"자꾸 그렇게 말 안 들으면 밤에 사왕이 찾아와서 잡아간다!"

파르스인은 어렸을 때 어머니에게 그렇게 야단을 맞으며 자랐다. 다 큰 어른 남자조차 사왕 자하크라는 이름을 들으면 자신도 모르게 목음 움츠린다. 기이브도 예외는 아니었다. "사왕!" 한 마디를 들으면 무심결에 긴장하게 된다. 세 살 버릇 여든까지 간다는 말이 틀리지 않은가 보다.

그런 사왕 자하크를 타도하고 현재까지 이어지는 파르스 왕국을 수립한 영웅왕 카이 호스로는 파르스인들에게는 말 그대로 영웅이었다. 파르스인은 아이가 태어나면 이렇게 기도한다.

"잠시드의 지혜와 관용, 카이 호스로의 의기와 용기가 함께하기를."

카이 호스로는 즉위 후 아들과의 대립이 있기도 해서 반드시 행복하지만은 않았지만 죽은 후에는 예로부터 전해 내려오는 파르스의 신들을 능가할 정도로 숭배를 받아 파르스의 가장 위대한 수호신으로 여겨진다.

『……데마반트 산의 지하 깊은 곳에 갇힌 사왕 자하

크는 세상이 끝나는 날 다시 지상에 나타나 세계를 어둠
으로 되돌려놓으려 한다. 그러나 그때 영웅왕 카이 호
스로도 재림하여 이번에야말로 영원히 사왕을 명계로
추방할 것이다……』

이것이 파르스의 백성들 사이에 전해지는 설화였다.
그러나 그 점에서 기이브는 일반적인 파르스인들과 생
각이 달랐다.

"흥, 죽은 사람이 재림한다고? 지상의 악과 재앙은 지
상에 살아가는 인간의 손으로 해결할 수밖에 없는데.
스스로 아무 짓도 하지 않고 신에게만 의존하는 놈들이
있으니 루시타니아군도 몰아내지 못하고 굴람(노예) 제
도도 사라지지 않는 거야. 당연한 일이라고."

그렇기에 기이브는 왕태자 아르슬란의 내면에서 '지
상의 재앙을 일소할 힘'을 찾아냈던 것이다. 덕분에 어
울리지도 않게 왕족이라는 신분을 가진 이를 도와줄 마
음이 들었으며, 지금도 그 심정은 변하질 않았다.

기이브가 주의를 태만히 했던 것은 아니다. 그러나 동
시에 투시력을 가진 마도사도 아니었으므로 앞서 가던
기마대가 길을 잃고 돌아오리라는 사실을 알 리 없었
다. 기이브와 은가면 히르메스는 산길 모퉁이에서 정면
으로 얼굴을 맞닥뜨리게 되었다.

히르메스와 기이브 중 어느 쪽이 더 놀랐는지는 알 수

없다. 다만 양쪽 모두 옛 정을 나누고 회포를 풀 기분은 들지 않았음은 분명했다.

신두라 원정 직전, 두 사람은 페샤와르 성의 성벽 위에서 매우 비우호적인 만남을 가졌다. 그것이 두 번째 대면이었고, 이번에 경사롭게 거의 반년 만에 세 번째의 대면이 실현된 셈이다.

한동안 두 사람은 서로를 노려보았으나 이윽고 기이브가 먼저 입을 열었다.

"이거이거, 잘생긴 은가면 나리 아니신가. 보아하니 페샤와르 성의 해자에서 물고기에게 잡아먹히지 않았던 모양이지? 진흙 냄새가 다 빠졌으면 좋으련만."

그의 독설은 은가면의 표면에 부딪쳐 튕겨 나왔다. 묵직하게 고인 침묵은 은가면, 즉 히르메스의 으르렁거리는 듯한 목소리에 깨졌다.

"여긴 무엇하러 왔느냐, 어릿광대."

스스로 묻고 이내 스스로 대답했다.

"그렇군. 넌 안드라고라스의 자식놈에게 명령을 받아 우리를 염탐하러 왔구나. 얼마나 나를 적대해야 직성이 풀리겠다는 거냐."

"자기네 편 아니면 모두 적이라고 금방 단정을 지으시는군. 왕으로서 지나치게 도량이 부족한 것 아니시옵니까, 전하?"

기이브가 입에 담은 말은 정론이었으나 물론 의도는 시비를 걸기 위해서였다. 히르메스는 즉시 노기를 띠고 장검 자루에 손을 가져갔다. 두 눈의 위치에 뚫린 두 개의 가느다란 구멍에서 강렬한 적의가 뿜어져 나왔다.

기이브도 자세를 잡았다. 은가면의 부하들이 좁은 산길에서 최대한 좌우로 벌어져 반원형으로 그를 포위했다. 곁눈질로 주변을 살피면서 유랑악사는 비아냥거리듯 중얼거렸다.

"나 이거야 원. 페샤와르 때하고는 반대가 됐네."

말미에 장검의 검광이 이어졌다.

루시타니아 기사 올라베리아는 동료 기사 셋과 함께, 각각 종자 두 사람씩을 대동해 히르메스 일행을 추적했다. 합계 12기의 루시타니아인은 왕제 기스카르의 명령을 받아 은가면의 행동을 염탐 중이었는데, 정작 명령을 내린 당사자가 엑바타나에서 '손도 발도 쓰지 못하는' 상태임을 알 도리는 없었다.

앞장선 히르메스 일행에게 들키지 않도록 주의하며 올라베리아 일행은 추적을 계속했으나, 동료 기사 중 하나가 말 위에서 올라베리아에게 물었다.

"그 파르스 놈들은 대체 무슨 생각을 하는 겐가?"

"내가 어떻게 알겠나. 어차피 이교도의 생각이니 좋지 못한 꿍꿍이일 게 뻔하지."

편협한 이알다바오트 교도답게 그렇게 단정을 짓고 기사 올라베리아는 동료들을 격려했다.

"그러나 어찌 됐든 우리에게는 신의 가호가 있지. 파르스의 사신이나 사교도 놈들을 두려워할 필요는 없네. 게다가 무엇보다도 왕제 전하의 명령을 받지 않았는가."

올라베리아는 우선 자기 자신을 격려했던 것이다.

"왕제 전하의 뜻이 이루어지면 우리의 미래도 밝을 걸세. 파르스 정복에 성공한 후로 영 이렇다 할 공적을 세울 기회가 없었지만, 이 기회에 다른 기사들이 부러워하게 만들어 주세나."

한번 이야기가 시작되자 올라베리아는 말수가 많아졌다. 동료들과 함께 있어도 불안을 지울 수는 없었기 때문이다. 한 걸음 내디딜 때마다 주위의 풍경은 어둡고 음산해졌으며, 바람은 싸늘하고 날카로워지고, 안개인지 구름인지 알 수 없는 습기가 맴돌았다. 이따금 정체 모를 새의 우는 소리가 귀와 마음을 놀라게 했다. 독연기의 냄새는 불쾌하게 코를 자극하고 말도 불안스레 걸음을 늦추고 있었다.

"성직자들에게 들었던 지옥인지 뭔지 하는 곳의 광경

같군."

"관두게, 불길한 소리는."

낮은 목소리로 나누던 대화가 점점 가시 돋친 것으로 바뀌었다. 데마반트 산에 대해 루시타니아인들은 파르스인들처럼 태어나면서부터 심어진 공포와 혐오감을 품진 않았다. 그러나 그럼에도 그들은 형언할 수 없는 으스스함을 느꼈다. 그들도 기사이므로 검을 들고 싸우는 데 두려움을 품지는 않는다. 그러나 이 으스스함은 대체 무엇이란 말인가. 하늘도 대지도 어두운 악의를 눅눅한 공기와 함께 루시타니아인에게 불어대고 있었다. 목덜미가 섬뜩해서 견딜 수가 없었다.

"기묘하군. 파르스인들끼리 서로 노려보고 있는 것 같은데."

선두에 선 올라베리아가 동료에게 보고한 것은 물론 은가면과 기이브가 대치한 상황이었다. 루시타니아 기사들은 이 광경을 깊은 계곡 너머 바위 뒤에서 엿보고 있었다. 바람 아래 방향이기도 하므로 기이브도 히르메스도 루시타니아인들을 알아차리지 못했다. 기이브처럼 예민한 사내도 은가면 일행에게만 신경을 집중하고 있었기 때문이다.

"이런, 다수가 한 사람을 상대하다니. 완전히 기사도에서 어긋난 짓이로군. 도와주지 않아도 되겠는가?"

그렇게 물었던 것은 동료 기사 중 하나인 돈 리카르도
라는 자였다. 올라베리아는 어이가 없어 콧수염을 떨며
야단을 쳤다.

　"멍청한 소리 말게. 참된 신을 믿지 않는 사교도들끼
리 알아서 싸우다 죽으면 되지 않겠나. 누가 죽든 우리
에게는 아무 피해도 없지."

　"으음, 그건 그렇네만 이교도에게도 이교도의 예의랄
까, 그런 것이 있지 않겠나."

　말 많은 구경꾼들이 말의 입을 손으로 붙든 채 논평하
는 줄도 모른 채, 파르스인들의 상황은 대치에서 투쟁
으로 옮겨가고 있었다.

　"뭣 때문에 우리를 따라왔지?"

　히르메스가 오해하는 것도 무리도 아니었다. 기이브라
는 사내 또한 일일이 오해를 풀려 하지 않는 성격이었다.

　"은가면 나리의 가슴에 물어보면 어떨까? 난 일개 악
사일 뿐인데."

　"흥, 입만 산 놈. 그건 그렇다 쳐도 돌팔이 화가에 돌
팔이 악사라. 보아하니 파르스에 피어났던 예술의 꽃도
시들 운명인가 보구나."

　은가면이 애매한 소리를 낸 것은 비웃음이 가면 안에
응어리졌기 때문이었다. 자신의 연주가 군사의 그림과
같은 수준 취급을 받다니, 기이브는 화가 나기는 했지

만 말로는 아무 소리 하지 않았다. 히르메스는 뽑아 든 칼날로 산속의 냉기를 베어냈다.

"어차피 운명이라면 여기서 결판을 내주마."

"그건 안 되지. 죽으면 살 수가 없잖아."

"무슨 헛소리냐!"

노성과 참격이 동시에 이루어졌다. 강렬하기 그지없는 일격. 제대로 맞았다면 기이브는 어깨에서 허리까지 단칼에 베였을 것이 분명했다. 그러나 기이브는 점토로 만든 인형이 아니었다. 놀랍도록 유연한 몸놀림으로 그는 말과 함께 참격에서 몸을 피했다. 참격은 허공을 가르고 히르메스의 자세가 살짝 흐트러졌다.

기이브의 검이 즉시 허공을 내달렸다. 기이브의 공격도 날카로웠으나 히르메스의 반응 또한 보통이 아니었다. 흐트러진 자세에서 한순간에 상반신과 손목을 뒤틀어 기이브의 검을 칼코등이로 받아내고 튕겨낸 것이다. 말이 울부짖고 좁은 산길에서 여덟 개의 발굽이 교차했다.

"안드라고라스의 자식놈에게는 수많은 부하가 있지만 모두 줄행랑 하나만은 수준급이구나. 나르사스도 그랬지."

"그 말은 틀렸어."

"뭐?"

"내가 한 수 위라고. 군사 나리는 아직 수련이 부족하지."

있는 힘껏 고삐를 당기자 기이브의 말이 높이 앞발을 쳐들었다. 히르메스는 자신의 말을 뒤로 물렸으나 조롱하는 빛을 감추지 못했다. 기이브가 기수를 돌리고 내빼리라 생각했던 것이다. 곧바로 등에 검을 꽂아줄 작정이었다.

그러나 기이브는 분명히 '한 수 위'였다.

말이 앞발을 내리자마자 기이브는 돌진했다. 정면으로. 흠칫해 미처 검을 내리치지 못한 히르메스의 옆을 바람덩어리처럼 스치고 지나가더니 그대로 계곡을 향해 말을 몰았다. 세리카의 장지문처럼 우뚝 솟은 급경사를 따라 말과 함께 내달린다. 마지막 몇 걸음은 허공에 날아올라 높은 파도를 일으키며 강 한복판에 뛰어들었다. 짐짓 공손하게 낭떠러지 위쪽으로 손까지 흔들어 보였다. 히르메스의 부하들은 시위에 화살을 메겼으나 사각으로 들어선 얄미운 악사를 쏠 수는 없었다. 웃음소리를 바람에 실으며 기이브는 하류로 멀어져갔다.

III

영웅왕 카이 호스로의 능묘는 데마반트 산역 북쪽에 있다. 남쪽에 사왕 자하크를 봉인하고 북쪽으로는 오랜 적국 투란을 노려보며 지상의 위협과 지하의 공포로부터 파르스를 지켜준다고 전해진다.

"죽고 나서도 수백 년이나 일을 하게 만들다니, 이런 폐가 어디 있어. 영웅 같은 건 될 게 못돼."

기이브라면 그렇게 말했을 것이다. 그러나 카이 호스로는 기이브보다도 훨씬 책임감이 강한 인물이었던지, 유령이 되어 불평을 늘어놓지도 않고 300년에 걸쳐 능묘 안에서 파르스의 샤오와 역사를 지켜보았다. 그의 자손 중에는 명군도 있거니와 암군도 있었고, 같은 피를 물려받은 자들끼리 옥좌를 놓고 골육상잔을 벌이기도 했다. 타국의 침공을 받은 일도 있고 타국에 쳐들어간 일도 있다. 파르스의 역사는 반드시 평화와 풍요로움 속에서만 흐른 것은 아니었다. 아니, 파르스는 풍요로운 대국으로 300년을 이어왔지만 굴람 제도 같은 사회모순을 안고 있으며, 옥좌는 야심의 표적이 되어 영웅왕이 남긴 덕망도 희미해져갔다. 그리고 그 능묘에 지금 은가면 일행이 도착했다.

"나의 조상, 위대한 시조 카이 호스로여. 당신의 의기와 용기를 자손인 나에게 빌려주소서."

히르메스는 무릎을 꿇고 기도했다.

능묘는 광대했으나 영웅왕의 관이 묻힌 장소에는 대리석 묘비를 세우고 신들의 상을 늘어놓았다. 반년에 한번 샤오가 칙사를 파견하여 제계를 행하지만 아트로파테네 패전 이후로는 그럴 상황이 아니었다. 원래 황량한 산속이기도 해서 적막감이 짙었다.

"당신의 국토, 당신의 왕통과 함께 당신의 검도 이어받고자 합니다. 형식이 지극히 무례하오나 정통한 왕위가 회복되는 날에는 성대히 제례를 올려드리겠사오니, 한때의 허물을 용서하여 주시옵소서."

고개를 숙이고 히르메스는 일어났다.

기사들의 표정에 두려움이 있었다. 적병과 싸울 때는 그들도 용감하지만, 지금은 영웅왕 카이 호스로의 능묘를 파헤쳐야 하는 것이다. 하늘 무서운 줄 모르는 소행이란 바로 이런 것이다. 능묘를 파헤치기 전에 그들은 우선 자신들의 마음을 묻어버려야만 했다. 그들의 심정을 히르메스도 이해했다. 위압적으로 고함을 지를 수는 없었다.

"우리는 도굴꾼이 아니다. 이는 모두 파르스의 올바른 왕통을 지키기 위해서다. 보검 루크나바드야말로 올바른 왕통의 증거. 이를 얻어야 비로소 나는 찬탈자 안드라고라스와 그의 자식놈에게 올바른 왕통이 무엇인지를 형태로 보여줄 수 있는 것이다."

"전하, 그렇사오나 보검 루크나바드는 영력으로 사왕 자하크를 지하에 봉인하고 있다 들었사옵니다. 만일 보검을 되찾아 사왕이 재림하는 일이 생긴다면……."

그렇게 의견을 제시한 것은 잔데였다. 죽은 아버지 칼란의 뒤를 이어 히르메스의 충신임을 자임하는 젊은이다. 그런 잔데가 이의를 제기하니 히르메스는 놀랐다. 불쾌하기도 했으나 그는 여전히 참을성 있게 부하들을 설득했다.

"사왕 자하크를 봉인한 것은 위대한 카이 호스로의 영이며 보검 루크나바드는 부속물일 뿐이다. 또한 설령 루크나바드 그 자체에 영력이 있다 한다면 사왕이 되살아났을 때 내가 보검의 영력으로 다시 사왕을 봉인해주마. 다시 말해 아무것도 두려워할 필요 없다. 자, 이해했다면 그대들의 손을 빌려다오."

히르메스의 설득에는 일리가 있었다. 기사들은 여전히 망설였으나 이 이상 망설이면 지하의 사왕보다도 먼저 눈앞에 있는 은가면의 분노가 폭발하리라. 누가 먼저랄 것도 없이 괭이며 가래를 들고 히르메스의 지시대로 흙을 파기 시작했다. 기분 나쁜 작업은 일찍 끝내고 싶다는 양 그들은 묵묵히 땅을 팠다.

"관을 파헤치는 것이 아니다. 보검 루크나바드만 되찾으면 관에는 손대지 않고 다시 흙에 묻을 것이다. 절대로 영웅왕의 유체를 모독해서는 안 된다."

작업을 지켜보며 히르메스가 다시 말하자 잔데는 약간 무겁게 고개를 끄덕이더니 하늘을 향해 시선을 돌렸다.

"소나기구름이 오려는 것 같사옵니다."

목소리에 불안이 깃들었다. 새벽녘의 안개비는 이미 그쳤지만 구름 색은 오히려 짙고 어두워져 히르메스의 은가면이나 기사들의 갑주에서 빛을 앗아갔다. 암회색으로 소용돌이치는 구름 곳곳에서 조그만 광채가 내달리는 모습은 뇌신雷神의 송곳니일 것이다. 히르메스의 대답은 짧았다.

"서둘러라."

이윽고 기사 하나가 소리를 내고 동료가 여기에 화답했다. 파헤친 흙 안쪽에서 석관의 일부가 나타난 것이다. 기사들은 도구를 버리고 손으로 흙을 치우기 시작했다. 다시 목소리가 들렸다. 습기에 너덜너덜해진 원통형 비단 꾸러미가 있었다. 히르메스는 큰 걸음으로 그곳에 다가갔다. 손에 든 꾸러미는 히르메스의 손에 묵직한 무게감을 전해주었다.

"이것이 보검 루크나바드……."

히르메스의 목소리가 떨렸다. 감동과 흥분이 은가면 너머로 배어나오는 것 같았다. 비단천을 버리고 황금 칼집에서 칼날을 뽑았다.

300년에 걸쳐 흙 속에 묻혀 있던 검이라고는 생각할 수 없었다. 번뜩이는 칼날은 백만 개의 수정을 능가했다. '태양의 조각을 벼려낸 것'이라는 말은 그야말로 지당했다. 보면 볼수록 칼날은 광채를 더했으며 자루를 쥔 히르메스의 손바닥에 율동적인 파도가 전해졌다. 온몸에 힘이 솟아나는 것 같았다. 거대한 코끼리조차 단칼에 베어 죽일 수 있을 듯한 자신감이 몸속에 넘쳐났다. 숨을 토해내고 새삼 환성을 지르려 했을 때, 비아냥거리는 목소리가 그의 도취를 깨뜨렸다.

"흥, 은가면 나리의 목적은 도굴이었군. 난 저렇게 타락하고 싶지 않은걸."

수십의 시선이 일제히 움직였다. 능묘 입구에 말을 탄 그림자가 서 있었다. 말할 것도 없이 기이브였다. 감동을 방해받은 히르메스가 노기를 터뜨렸다.

"사이비 악사, 부르지도 않았거늘 쳐들어와 자기 자신을 조문하는 곡을 연주할 생각이냐. 난 가능하다면 능묘를 더럽히고 싶지 않다. 냉큼 꼬리를 말고 꺼지지 못할까."

"그럴 순 없지. 보검 루크나바드를 손에 넣을 지상 사람이 있다면 그건 아르슬란 전하뿐이야. 그분이야말로 보검의 소유자로 합당하지."

자신만만하게 기이브가 내뱉었으나 전부터 그러한 신념을 품었던 것은 아니다. 현재의 상황이 그런 말을 하도록 만든 것이었다. 적어도 그는 은가면이 루크나바드의 올바른 소유자라고는 생각할 수 없었다. 또한, 이래

저래 좋지 못한 인연만이 있는 은가면에게 시비를 걸고 싶은 기분도 있었다.

　물론 은가면을 상대하는 이상 시비에도 목숨을 걸어야 한다. 기이브는 검사로서 은가면을 결코 과소평가하지 않았다. 게다가 기이브가 혼자인 반면 은가면에게는 굴강한 부하들이 있다. 그렇기에 일단 그들의 칼날에서 벗어났던 것이다.

　"때문에 보검을 합당치 못한 자의 손에 맡길 수는 없었도다. 으음. 내가 생각해도 존경할 만한 마음가짐이야."

　"어디서 혼자 서툰 시를 읊고 앉았느냐."

　은가면의 손은 보검 루크나바드의 자루를 고쳐 쥐고 있었다. 기이브의 눈에는 그 장대한 검이 단순한 강철 공작품이 아니라 빛의 덩어리인 것처럼 비쳤다. 히르메스는 갑자기 웃었다.

　"네놈은 장난스럽기는 하지만 뛰어난 검사임에는 틀림이 없지. 정통한 샤오의 적수로서 루크나바드에 베이는 명예를 안겨주마. 후후후. 물론 저항해도 상관없다."

　인정하기는 불쾌했지만 기이브는 자신도 모르게 마른 침을 삼켰다. 루크나바드는 분명 그 자체의 위격位格이 있어서 기이브처럼 뻔뻔한 자마저 압도해버렸다. 그러나 압도당하면서도 기이브는 자신의 검을 뽑으려 했다. 그때였다. 어딘가 멀리서 무언가가 삐걱거리는 기척이

들렸다. 말이 불안한 듯 코를 킁킁거렸다. 발밑에서 작은 돌이 튀어오르고 땅울림이 솟아나더니 급격히 강해졌다.

"……지진이다!"

진동이 발밑을 뒤흔든 찰나 꽈광 하는 충격이 치밀어 올랐다. 말이 펄쩍 뛰는 바람에 안장 위의 사람들이 날아갔다. 대지가 파도쳐 채찍질 같은 소리를 내며 균열을 일으켰다. 작은 돌이 튀어오르고 눅눅한 흙이 솟구쳤다.

"워, 워!"

미친 듯이 울부짖는 말을 필사적으로 붙들었다. 기이브는 검을 뽑기 전이었으므로 두 손을 쓸 수 있어 다행이었다. 이미 루크나바드를 뽑아 들었던 히르메스는 보검을 놓칠 수 없어 한 손으로 고삐를 잡아 낙마를 면한 것이 고작이었다. 재빨리, 교묘하게 말을 조종하며 기이브는 보검 루크나바드의 거대한 칼날이 닿는 범위에서 물러났다. 루크나바드의 검신은 이제 무지개색 빛줄기를 발하며 공포에 떠는 사람들의 얼굴을 비추고 있었다.

"영웅왕께서 진노하셨다!"

"사왕이 부활한다! 세상에 암흑이 돌아온다!"

상반된 두 종류의 외침이 기사들의 입에서 터져나왔다. 선한지 악한지는 알 수 없지만 인간의 상식을 넘어선 존재가 활동하기 시작한다는 것은 의심할 여지가 없었다. 기사들은 미신적인 공포에 사로잡혔고, 개중에는 머리를 싸쥔 채 땅에 꿇어 엎드려 영웅왕의 영에게 용서를 비는 자도 있었다.

"은가면 형씨, 당신이 사왕의 봉인을 깨뜨린 모양이군."

"뭐야……?!"

기이브의 목소리를 혼란 속에서 듣고 히르메스는 상대를 노려보았다.

"그 보검 루크나바드 말이야. 영웅왕 카이 호스로가 사왕을 지하에 봉인하기 위해 이 땅에 묻어두었다는 사실은 세 살짜리 애들도 다 알아. 정통한 샤오니 뭐니 하는 사람이 모를 리 없을 텐데."

기이브는 단정 짓듯 말했다. 히르메스는 유랑악사를 노려보려 했으나 반론할 여유도 없었다. 대지의 균열은 더욱 확대되어 머리 위의 절벽에서는 크고 작은 돌이 굴러떨어졌다. 그러한 소리들이 교차하여 온 세상이 기분 나쁜 음향으로 가득 찬 듯했다. 그리고 이런 모든 것들을 압도하며 천둥소리가 쩌렁쩌렁 울려 퍼지고 절벽의 바위가 벼락을 맞아 터져나갔다. 사람의 머리통만 한 돌이 기이브의 바로 옆에 떨어졌다. 먹구름이 더더욱 낮아져 기이브의 머리 위에 드리워지고 기류가 소용돌이치며 모래자갈들을 날려버렸다.

"알겠어. 은가면님께서는 국토보다도 왕권이 더 소중하단 말이지. 사왕 자하크가 부활해 백성들을 해치고 나라를 멸망시키든 말든 자기 혼자만을 위한 옥좌가 있으면 된단 말이지. 나 원. 아주 훌륭하신 샤오구만!"

"이놈이 그래도 허튼소리를!"

히르메스는 노성을 터뜨리고, 격진 속에서도 솜씨 있게 말을 몰아 무례한 악사에게 필살의 참격을 퍼붓고자 다가갔다.

IV

강렬한 힘이 지축을 뒤흔들어댔다. 하늘은 어둠에 뒤덮이고 이따금 창백하게 벼락의 검이 번뜩였다. 하늘과 땅이 위와 아래에서 인간들을 협공하려 했다.

"살려줘, 살려줘⋯⋯!"

갈라진 바워너설에 발이 끼인 기사가 절규했다. 기사들의 말은 이미 몇 마리가 도망친 후였다. 잔데가 큰 목소리로 외쳤다.

"모두 진정하라! 침착하라!"

그러나 그 목소리도 갈라져서 나와 별로 효과는 없었다.

"전하, 우선 안전한 곳으로 피신하십시오!"

잔데는 그렇게도 외쳤으나 히르메스는 듣지 않았다. 루크나바드의 위력을 손에 넣어 이를 기이브의 몸으로 시험하는 데에 거의 모든 주의력을 쏟고 있었다.

말의 발밑에서 무언가가 포효했다.

대지가 갈라졌다. 마치 루크나바드의 기세를 견디지 못한 것 같았다. 무시무시한 소리가 나더니 어두운 상처가 대지를 내달리며 세로로 뻗고 가로로 펼쳐졌다.

기이브는 망설임 없이 말의 배를 걷어찼다. 절묘한 솜씨였다. 말은 거대한 균열을 뛰어넘어 여전히 흔들리는 대지 위에 내려섰다. 히르메스 또한 비범한 기수였다. 한 손에 보검 루크나바드를 든 채 균열을 뛰어넘었다. 말의 뒷다리가 균열 끝을 밟아 부수는 바람에 잠깐 흠칫했으나 살짝 휘청거렸을 뿐 자세를 바로잡더니 그대로 기이브를 향해 돌진했다.

루크나바드가 대기를 갈랐다. 받아내면 검이 부러지리라 직감하고 기이브는 머리를 낮추어 치명적인 일격을 피했다. 창백한 섬광이 기이브의 머리 위를 살짝 스치고 지나갔을 때 기이브는 자신의 판단이 옳았음을 알았다.

"루크나바드를 땅속에 되돌려놔!"

기이브가 고함을 쳤다. 우아한 예술가, 고상한 시인이어야 할 그도 남에게 고함을 치는 일이 있다.

"정통하든 부당하든 네 기량으로는 루크나바드의 영력을 제어할 수 없어. 그걸 아직도 모르겠나! 아니면 모르는 척하는 거냐?"

"닥쳐라! 어디서 주제넘게 아는 척이냐!"

고함으로 대답한 히르메스의 오른손에서 새로운 섬광이 번뜩였다. 그것은 루크나바드가 아니라 그가 원래 가지고 있던 검이었다. 루크나바드를 칼집에 거두고 잔데에게 던지더니 자신의 검을 뽑은 것이다. 루크나바드에 대한 집착을 잠시 끊은 모양이었다.

'이거 어쩌면, 아주 조금이지만 나보다 강할지도 모르겠는걸.'

솔직히 말해 기이브는 그렇게 생각했으나 상대의 검이 루크나바드가 아닌 이상 두려움은 없었다. 검신이 격돌하면서 사방으로 튄 불꽃이 지상의 벼락을 만들어냈다. 땅이 흔들리고 말이 흔들려 안장 위에서 몸이 들썩거리는데도 걸출한 두 검사는 10여 합 이상을 싸웠다.

그것이 갑자기 중단되었다. 싸우던 두 사람이 거의 동시에 어떤 광경을 보았기 때문이었다. 기이브도 움직임을 멈추고, 히르메스는 강적을 내버려둔 채 기수를 돌렸다. 보검 루크나바드를 주군의 손에서 맡았던 잔데가, 상당히 망설이기는 했지만, 대지에 생겨난 균열에 느닷없이 보검을 집어던진 것이다. 달려온 히르메스가 본 모습은 암흑 밑바닥으로 떨어져가는 보검의 마지막 광채였다.

"잔데! 무슨 짓이냐!"

"보시는 대로이옵니다, 전하."

"그대는 자신이 무슨 짓을 했는지 알고나 있나? 각오는 돼 있겠지!"

히르메스의 검이 허공에서 울부짖었다. 검 옆면으로 호되게 안면을 얻어맞아 잔데의 코에서 피가 솟아났다. 말에서 뛰어내려, 여전히 흔들리는 대지에 무릎을 꿇고 잔데는 미친 듯이 분노하는 주군을 올려다보았다.

"얼마든지 저를 때리시옵소서. 베여도 원망하지 않겠나이다. 그러나 저 불손한 악사 놈이 한 말은 유감스럽게도 사실이옵니다. 루크나바드는 사왕을 봉인하는 데 없어서는 안 될 신기神器인 바, 언젠가 전하께서 정통한 왕위를 회복하신 후 신관에게 명하여 의식을 치르고 당당히 패검하심이 옳을 줄로 아옵니다. 전하께서 지금 지상의 적을 치시는 데에 보검의 힘 따위는 필요치 않사옵니다."

대지가 출렁거릴 때마다 잔데의 목소리가 흐트러졌지만, 어쨌거나 주군에게 길고 긴 충언을 마쳤을 때는 주위가 상당히 잠잠해졌다.

"보아하니 아슬아슬하게 봉인의 힘이 회복된 모양이군."

기이브가 어깨에서 힘을 뺐다. 정말로 진동도 벼락도 가라앉기 시작했다. 보검의 신비한 힘이 대지의 힘과 공명하고 있음은 의심할 여지가 없었다. 히르메스도 어느샌가 어깨에서 힘을 빼고 있었다. 은가면이 살짝 흔들리더니 꽉 억누른 목소리를 밀어냈다.

"잔데, 너의 아버지 칼란은 정통한 샤오에게 충성을 맹세하고 비명에 쓰러졌다. 그 공적을 보아 이번에는 그대의 죄를 용서하겠다. 그러나 이번뿐이다. 명심해라. 앞으로 내 뜻에 반하는 짓을 했다가는, 죽은 아버지가 남긴 은덕도 너를 구해주지 못할 것이다."

간신히 히르메스는 자신을 추슬렀다. 잔데는 피투성이가 된 얼굴을 땅바닥에 대며 황송해했다. 히르메스는 한 차례 고개를 가로젓더니 살아남은 부하들에게 말을 타도록 명령했다.

"흐음. 저자는 몸집 커다란 것만 자랑할 줄 아는 거친 인간이라고 생각했는데 의외로 그렇지도 않은걸. 히르메스 왕자에게도 전혀 부하가 없지는 않은 모양……."

말이 끝나기도 전에 기이브는 오른손의 검을 휘둘렀다. 날카로운 금속성이 나고, 짓쳐들었던 참격이 튕겨져 나갔다. 그때까지 땅에 엎드려 있었던 잔데가 느닷없이 달려와 기이브를 베려 했던 것이다.

"야! 뭐 하는 거야, 난폭하게!"

"뭘 하기는. 네놈은 은가면 경을 거역한 괘씸한 놈이
다. 루크나바드와는 상관없이 네놈을 죽이겠다!"

잔데의 주장은 지당했다. 보검 루크나바드를 처분하
는 데에 어쩌다 의견이 일치했다고 은가면 경 히르메스
의 일당과 기이브가 앞으로 친해져야만 할 이유는 아무
데에도 없었다.

게다가 잔데의 입장에서는 충성의 결과라고는 하지만
주군인 히르메스의 뜻을 저버리는 바람에 분노를 사버
리지 않았는가. 하다못해 기이브 정도는 베어버려 부하
로서 역할을 다해야 한다.

"자네 처지는 이해해. 하지만 나에게도 내 처란 게
있어서 죽을 수는 없어. 하물며 왜 나보다 실력이 떨어
지는 놈에게 죽어줘야 하지?"

"시끄럽다!"

"잘 있으라고. 더는 같이 못 놀아주겠네."

이번에도 기이브는 히르메스 일당의 분노 어린 칼날에
서 도망쳤다. 히르메스의 부하는 절반 이상이 땅에 난
균열에 빨려 들어가고 말았지만 그래도 한 무리가 되어
기이브를 추격했다. 이때는 잔데가 공연히 기운이 넘치
고, 히르메스는 어쩐지 기세가 깎여나가 추격에는 힘을
쏟지 않았다. 그래도 2파르상(약 10킬로미터) 정도 쫓
고 쫓기다가 데마반트 산 동쪽에 이르렀을 때, 눈앞에

펼쳐진 평원을 메우며 남하하는 갑주의 무리를 발견했다. 기병으로만 이루어진 수만 대군. 게다가 곳곳에 솟아난 군기軍旗가 파르스인들을 놀라게 했다.

"이봐. 아무래도 날 쫓아다닐 시간은 없을 것 같은데. 냉큼 왕도로 돌아가 루시타니아군에 보고하시지?"

이런 상황에서도 기이브는 빈틈이 없었다. 자신의 놀라움을 잔데를 비롯한 추격자들을 위협할 재료로 쓴 것이다. 기이브에게 육박해 대검을 치켜든 잔데도 창졸간에 목소리가 나오질 않았다.

세모꼴을 세로로 늘어놓은 듯한 군기에 태양의 도안. 그것은 '초원의 패자' 투란의 군기였다. 이는 카간 토크타미시가 이끄는 투란의 본군이었으며 페샤와르로 달려가는 중이었다. 그리고 이날, 데마반트 산을 뒤흔든 기괴한 지진은 페샤와르 성에서 파르스군과 투란군을 놀라게 했던 그 지진이었다.

허둥대는 잔데 일행을 내버려두고 기이브는 투란군을 피하며 다시 말을 몰아 달리기 시작했다.

"사건이 많은 거야 환영이지만 이렇게 한꺼번에 잔뜩 일어나면 다소 버거운걸. 내 눈이 미치지 않는 곳에서 무슨 재미난 일이 일어날지 알 수 없잖아."

그건 그렇다 쳐도 왕태자 아르슬란은 어지간히 평온무사한 인생과 인연이 없는 소년인 모양이다. 신두라 왕

국에까지 나가 위험과 고생을 거듭한 끝에 겨우 왕도탈
환을 위해 대군을 일으킨 열네 살 소년. 그러나 하필 이
럴 때 역사적인 적국 투란이 침입하다니.

기이브는 일단 아르슬란의 곁으로 돌아가야겠다고 판
단했다. 왕태자의 곁에는 다륜, 나르사스, 키슈바드, 그
리고 누구보다도 파랑기스가 있다. 그녀나 다른 사람들
에게 맡겨놓으면 되겠지만 마의 산에서 발생한 사건을 왕
태자에게 보고해두고 싶었다. 파랑기스의 얼굴도 보고
싶었다. 그리고 무엇보다도, 심심한 것은 질색이었다!

모든 조건이 갖추어져 기이브는 왕태자와 그의 군대를
찾아 말을 몰기 시작했다.

한편 은가면 경 히르메스와 그의 일당도 황급히 기수
를 서쪽으로 돌렸다.

"참으로 별별 일이 다 일어나는군."

히르메스조차 탄식하지 않을 수 없었다. 소년 시절,
얼굴에 화상을 입으면서도 맹렬한 불길에서 탈출해 목
숨과 왕통을 지키고자 조국을 도망쳤다. 그 후로 히르
메스의 인생은 항상 다난했으며 위험으로 가득했다. 그
래도 겨우 찬탈자 안드라고라스를 감옥에 가두어 복수
를 이루었으며 정통한 왕위에 다가가고 있다. 이는 파
르스와 루시타니아 두 나라의 관계를 이용한 덕이었다.
그런데 여기에 투란이 더해졌다. 히르메스에게는 계산

밖의 사태였다. 자기 자신의 거대한 구상을 실행에 옮기는 자는 이따금 자신과는 무관한 곳에서 타인도 무언가를 생각하고 있다는 사실을 잊어버리기 십상이다.

한편 무관하다고 하면 할 말이 많은 자들이 또 있다. 히르메스와 기이브의 의도와는 상관없이 데마반트 산에서 호된 꼴을 당한 자들. 바로 은가면의 행동을 염탐하고자 뒤를 쫓던 루시타니아 기사들이다.

목숨만 건졌다는 것이 바로 이럴 때 쓰는 말이리라. 데마반트 산에 침입했던 루시타니아 기사 일행 중 왕도로 살아 돌아간 자는 둘뿐이었다. 기사 한 사람과 종자 하나. 다른 자들은 불행히도 적병이 아니라 인간의 지혜를 넘어선 것의 손에 의해 영원히 조국으로 돌아갈 수 없는 몸이 되고 말았다.

간신히 목숨을 건진 올라베리아는 기다시피 데마반트 산에서 도망쳤다. 그는 기이브와 잔데 일행의 추격전에는 어울릴 수 없었으므로 투란군 내습 사실을 알 방도는 없었다.

그리고 올라베리아는 기스카르에게서 밀명을 받았으며 이 내용을 아는 생존자는 올라베리아밖에 없었다. 물론 기스카르도 살아있어 자신이 부여한 명령을 알기는 하지만 올라베리아의 보고를 받을 만한 처지는 아니었다. 지하감옥을 탈출한 안드라고라스 탓에 사로잡힌 몸이 되었으니까.

이리하여 불운한 올라베리아는 기껏 경험한 기괴한 사실을 알릴 상대도 없이 허무하게 왕도에서 허송세월을 보내게 된다. 그것은 올라베리아 자신에게도, 또한 루시타니아에게도 불운한 일이었다.

그러나 이러한 사정은 그나마 아무도 모르는 미래에 일어날 일이었다.

V

올라베리아는 자신의 동료 기사가 모두 지진으로 죽어버렸다고 생각했다. 그러나 말과 함께 땅속으로 꺼져서 살아남은 자가 있었다.

기사의 이름은 돈 리카르도. 기이브 한 명에게 달려드는 히르메스 일당을 보고 다수가 한 명을 상대한다며 개탄했던 자였다. 카이 호스로 능묘 일대에 거대한 균열이 생겼을 때 이를 피하지 못해 땅속으로 빨려 들어가고 말았던 것이다.

말은 목뼈가 부러져 죽고 말았으나 덕분에 추락의 충격을 흡수해주어 돈 리카르도는 몇 군데 타박상을 입었을 뿐 죽음은 면했다. 그래도 쏟아지는 흙이며 조약돌의 비 밑에서 한동안 기절했던 모양이었다. 의식을 되찾았을 때 지진은 이미 그친 후였다. 흙과 모래를 털어내고 위를 올려다보니 희미한 햇빛이 땅 밑바닥까지 들어왔다. 지표로 기어 올라갈까 생각해봤지만 높이는 거의 5층 건물에 육박했다.

"신께서도 참 어중간하시군. 기왕 구해주실 거라면 마지막까지 구해주시지."

자신도 모르게 푸념이 나왔지만 신심 돈독한 루시타니아 기사는 황급히 두 손을 모아 신께 용서를 구했다. 땅 밑바닥에 떨어진 몸이기는 해도 지옥에 떨어지는 것만은 사양하고 싶었다. 살아 있으면 지상으로 나갈 기회도 올 것이다. 그러나 불신의 죄로 지옥에 떨어지면 영혼은 영원히 구제받지 못한다. 죽은 후가 훨씬 길다.

"이알다바오트 신이시여, 마음 약한 자의 죄를 용서하여 주시옵소서. 이 지하의 감옥에서 탈출할 수 있다면 반드시 신의 영광을 위해 진력을 다하겠나이다."

공손히 맹세했을 때 돈 리카르도는 목덜미에 바람을 느꼈다. 위에서가 아니라 옆에서 부는 것이었다. 흠칫 고개를 들고 기사는 어둠 속을 바라보았다. 수평으로 바람이 분다는 것은 균열 밑의 이 지하가 어딘가로 통한다는 뜻이 아닌가.

돈 리카르도는 눈앞을 손으로 더듬었다. 손가락이며 손바닥에 흙과 돌의 감촉이 있었다. 바람을 따라 움직인 손은 흙과 돌이 켜켜이 쌓인 공간 속에서 조그만 틈새를 발견했다. 기뻐 소리를 지른 루시타니아 기사는 칼집째 꺼낸 단검으로 흙을 파기 시작했다. 얼마나 시간이 지났는지는 알 수 없었다. 파고 있던 흙과 돌벽이 갑자기 무너지더니 사람 하나가 지나갈 만한 구멍이 뚫렸다.

구멍 안에는 거대한 공동이 암흑의 홀을 이루고 있었다. 짧게 신의 가호를 빌고, 돈 리카르도는 바닥을 알 수 없는 구멍 안으로 발을 들였다.

그는 파르스인이라면 누구나 아는 사왕 자하크의 전설을 몰랐다. 그만이 아니라 올라베리아도 몰랐으며 루시타니아인은 대부분 모를 것이다. 도망친 대주교 보댕이 말했듯 이교도의 문화 따위 지상에 남겨둘 가치가 없는 것이었다.

자신들과 다른 문화의 존재를 인정하지 않는 것이야말로 야만인의 증거가 아닐까. 특히 루시타니아의 경우 다른 종교나 문화를 없애는 것이 침략과 정복의 대의명분이 되고 있었다. 루시타니아인이 타국을 정복하는 이유는 영토나 재물이 탐나서가 아니다. 어디까지나 이알다바오트 신의 이름으로 올바른 신앙을 전 세계에 퍼뜨리기 위해서다. 타국의 문화를 멸망시키고, 그 지역의 신들을 유일절대신에게 대적하는 악마로 만들고, 이알다바오트 교의 신앙을 강요하는 것이다.

왕제 기스카르 공작 정도 되면 대의명분과 사실의 차이는 충분히 마음에 두고 있다. 정복을 오랫동안 유지하고 완전히 성공을 거두려면 타국의 문화와 사회풍습을 너그러이 봐줄 필요가 있다는 것도 안다. 그렇기에 대주교 보댕과 다툼이 끊이질 않았던 것이다. 보댕이 줄행랑을 쳐 파르스에서 도망치고 완전히 기스카르의 천하가 왔다. 와야 하는데, 그 직후 기스카르는 포로였던 파르스 샤오 안드라고라스 3세와 처지가 뒤바뀌고 말았다. 땅속 깊은 곳을 헤매는 돈 리카르도와 비교해 누가 더 불행할지는 알 수 없었다.

그러한 지상의 사정은 알지 못한 채 돈 리카르도는 땅속의 기괴한 공동 속을 계속 나아가고 있었다. 돈 리카르도는 분명 용감한 기사였으나 이 경우에는 무지해서 다행이라 해야 하리라. 그와 비슷할 정도로 용감한 기사라 해도 파르스인이었다면 사왕 자하크의 전설을 떠올리고 공포로 움직이지 못했을 것이다.

사왕 자하크의 이름을 모르는 루시타니아 기사는 점점 깊은 지하로 나아갔다. 그렇다고는 하지만 어딘가 으스스한 장소에 홀로 있다는 것만은 사실이었으므로 자신에게 용기를 북돋워주기 위해 목소리를 높여 루시타니아 노래를 부르기도 했다. 돈 리카르도는 훌륭한 기사였지만 가수로서 칭찬할 만한 부분은 성량뿐이었다.

원래 노래를 그리 많이 아는 것도 아니었으므로 지하 공동은 금세 조용해졌다. 문득 돈 리카르도는 주위의 어둠을 둘러보고 칼자루에 손을 가져다 댔다. 무언가가 있다는 기분이 든 것이다. 어둠 속에 무언가가 도사리고 있다.

"누구시오? 거기 누가 있소?"

몇 번인가 되풀이한 후, 어떤 사실을 깨달은 돈 리카르도는 혀를 찼다. 루시타니아어로 말을 걸어봤자 이러한 외국에서는 통할 리가 없다. 기억을 더듬어 서툰 파르스어를 떠올리고 그는 다시 큰 목소리로 물었다.

메아리가 사라지자 끝없는 침묵이 돌아왔다. 그것은 이미 무색 침묵이 아니었다. 등줄기가 오싹해지는 듯한 암흑의 의지가 느껴졌다.

이 공동은 어쩌면 지옥과 이어져 있는지도 모른다. 돈 리카르도는 그렇게 생각했다. 그것은 이알다바오트 교도의 편견이었으나 거의 사실이었다. 좀 더 정확하게 말하자면 파르스인의 지옥에 루시타니아인이 침입했다고 해야 하리라. 아무튼 돈 리카르도는 산 채로 지옥 내지는 지옥의 별장에 들어오고 만 셈이었다.

"시, 신의 이름을 찬양할지어다. 악을 두려워 말라. 신의 영광 앞에 악은 물러날 것이며 다만 악을 물리치지 못할 나약함을 두려워하라……. 어, 음……."

경전의 까다로운 문장을 떠올리지 못해 돈 리카르도는 어물거렸다. 이렇게 깊은 지하인데도 공기가 움직이고, 미적지근한 바람은 보이지 않는 촉수로 기사의 몸을 훑어댔다. 이윽고 돈 리카르도의 다리에 무언가가 닿았다. 단단하고 매끄러워서 돌 같았지만 매끄럽고 직선적인 느낌이 인공물 같기도 했다.

그것은 거대한 석판이었다. 두께가 돈 리카르도의 무릎 정도는 되었다. 길이나 폭은 거의 방 하나를 메울 정도였다.

거대한 방에 무언가 거대한 존재를 가두어놓았던 것일까. 그 무언가는 바위판을 밀어 넘어뜨리고 어디론가 떠나버렸을까, 아니면 아직 근처에 도사린 채 사냥감이 지하미궁에 들어오기를 기다리고 있을까. 기사의 피부는 식은땀에 젖었다.

쉬리리릭. 쉬리리릭. 소리가 울려 퍼졌다. 감았던 천을 힘차게 풀어 헤치는 듯한 소리였다. 그러나 다른 소리처럼 들리기도 했다. 고국 루시타니아의 황야에서 돈 리카르도는 독사의 혀 소리를 들은 적이 있다. 기사는 심장과 혀가 얼어붙는 기분이었다. 이 지하에는 독사 둥지라도 있는 걸까.

돌아가야 한다고 생각하면서도 돈 리카르도의 발은 전진을 그치지 않았다. 용기가 아니라 다른 충동에서 비롯

된 행동이었다. 왼손을 칼자루에 대고 갑주 소리가 울리지 않도록 주의하며 돈 리카르도는 몸속에서 심장 고동이 징처럼 울려 퍼지는 것을 자각했다. 자신은 이제까지 어떤 루시타니아인도 경험한 적이 없는 사태를 보려 한다. 그런 생각이 들었다. 그때 다른 소리가 들렸다. 절그럭절그럭, 굵은 쇠사슬을 울리는 듯한 소리였다.

어둠의 일부가 뿌옇게 빛을 내고 있었다. 검게 칠한 벽 한곳에만 황백색 염료를 덧칠해놓은 듯 부자연스러운 빛이었다. 사슬 울리는 소리는 그 근처에서 솟아났는데, 그곳으로 다가가기 위해 돈 리카르도는 매우 애를 써야만 했다. 겨우 바위 뒤에 도달했을 때, 황백색 빛은 암반이었으며 모종의 광원을 받아 그곳에 그림자가 드리워졌다는 사실을 알 수 있었다.

그것은 거인의 그림자였다. 황백색 암반에 비친 거대한 인간의 그림자. 머리의 윤곽은 아마도 터번을 감았는지 기묘한 사각형이었다. 그러나 돈 리카르도의 주의를 끈 것은 다른 부분이었다. 대체 저것은 무엇이란 말인가.

목과 좌우 어깨가 이어지는 부분에서 무언가 굵고 긴 것이 돋아나, 그것이 하늘하늘 흔들렸다. 아니, 흔들리는 것이 아니다. 자신의 의지로 움직이는 것이다. 식물의 줄기와도 닮은 그것은 동물이었다. 팔다리가 없는 끔찍한 동물. 이알다바오트 교에서는 악마의 상징으로 여기는 가증스러운 동물. 뱀이었다. 인간의 두 어깨에 살아있는 뱀이 돋아났다. 이러한 기괴한 존재는 이알다바오트 교의 경전에서도 본 적이 없다. 돈 리카르도가 비틀거리고 바위 하나에 기댔을 때 발밑에서 작은 돌멩이가 소리를 냈다. 뱀이 움직임을 멈추었다. 영원처럼 여겨지는 한순간 후, 두 어깨에 뱀이 달린 거인의 그림자가 일어났다. 무시무시한 독기가 뿜어져 나왔다.

돈 리카르도의 이성과 용기가 터져 날아갔다. 그는 절규를 터뜨렸으나 그것조차 느끼지 못했다. 그는 거인에게 등을 돌린 채 넘어지고 구르며 무한처럼 여겨지는 어둠 속을 도망쳤다.

공백이 된 의식이 회복되었을 때 돈 리카르도는 지상에 있었다. 단애절벽 아래, 계류에 인접한 자갈밭에 쓰러져 있었던 것이다. 손등에 찰과상이 생기고 옷은 여기저기 찢어졌으며 손톱이 벗겨져 피가 흘렀다. 검도 없었고, 도망치기 위해 갑주도 어딘가에 벗어던진 모양이었다. 어떻게 땅 밑바닥의 감옥에서 도망쳤는지 생각할 기력도 솟지 않았다. 피로와 공포, 그리고 극심한 갈증만이 있었다.

돈 리카르도는 비틀거리는 발을 내디뎌 계류로 다가갔다. 강기슭에 쪼그리고 앉아 물을 마시기 위해 흐르는

물에 얼굴을 가까이 가져갔다. 달빛이 내리쬐여 강물을
거울삼아 루시타니아 기사의 얼굴을 비춰주었다. 돈 리
카르도는 아연실색해 자신의 얼굴을 쳐다보고, 수염을
만지고, 신음하며 머리를 헤집어댔다. 그는 이제 겨우
서른 살에 불과한데도 머리와 수염이 새하얗게 물들었
던 것이다.

제3장 두 가지 탈출

I

아름다운 엑바타나
대륙의 향기로운 꽃이여
그대의 미소에 세상 근심을 잊고
사람들은 모이노라 꿀벌처럼

(루바이야트 대전 1029 작자 미상)

　파르스만이 아니라 수많은 나라의 시인들이 왕도 엑
바타나의 영화를 칭송해 마지않았다. '엑바타나에 취
하다'라는 말이 있듯 여행을 중간에 포기하고 이 도시

에 눌러 앉아 노후를 보내는 사람들도 많았다. 대륙 동쪽에서 서쪽에서 수많은 문화와 수많은 물자가 흘러들어와 차, 술, 종이, 양모, 비단, 진주, 황금, 면, 마 등등 40여 개국 상인들이 40여 개국의 상품을 매매했다. 장사가 끝나면 사람들은 마시고 노래하고 춤추고 사랑을 나누었으며 밤낮을 가리지 않고 인생의 결실을 즐겼다.

파르스라는 나라 자체에는 수많은 모순과 결점이 있다. 그러나 전체의 풍요로움과 아름다움은 결점을 덮어주었다. 궁정 내부의 권력투쟁이나 음모도, 굴람 제도도 파르스에만 있는 것은 아니며 어느 나라나 마찬가지였다. 아자트(자유민)들은 무언가 불평을 늘어놓으면서도 나름대로 풍요로움과 자유를 누렸다.

파르스력 320년 가을까지만 해도 엑바타나는 이렇게 풍요롭고 아름다운 도시로 존재할 수 있었다. 그러나 아트로파테네 평원에서 무적의 파르스 기병대가 궤멸된 후로 엑바타나는 불모의 겨울에 사로잡혔다. 쳐들어온 루시타니아군은 가옥을 불태우고 재물이며 식량을 강탈하고 남자를 죽이고 여자를 잡아갔다. 루시타니아인은 위생이나 도시계획이란 것을 이해하지 못해 왕궁 복도와 집 바닥에 방뇨를 했으며, 술에 취해서는 토사물을 쏟아내 시내를 더럽혔다.

그러나 루시타니아인들의 오만도 겨우 반년 남짓해 꼬

리를 말아야 했다.

아트로파테네 패전 이후 포로가 되어 지하감옥에 수감된 채 고문을 받던 파르스 샤오 안드라고라스 3세가 탈출한 것이다. 그것만이 아니었다. 안드라고라스는 인질을 잡았다. 보통 사람도 아닌 루시타니아의 왕제 기스카르가 인질이 되었다. 기스카르는 루시타니아의 기둥이라 부를 만한 인물이었으며 쓸모없고 무능한 형왕 이노켄티스 7세를 능가하는 실력과 인망이 있었다. 기스카르를 잃은 루시타니아인들은 낯빛이 창백해졌다.

안드라고라스의 무용이 아무리 만인을 능가한다 해도 그는 거의 단신으로 루시타니아군과 맞서야만 한다. 그가 검을 한 번 휘둘러 루시타니아군 전원을 죽여버릴 수 있는 것도 아니므로 기스카르는 안드라고라스에게 없어서는 안 될 인질이어야만 했다. 쉽사리 죽이지는 않을 것이다.

그것이 루시타니아인들에게는 최소한의 희망이었다.

고국을 떠나 먼 길을 걸어, 아득한 유혈의 여정을 돌파해 마르얌과 파르스 두 대국을 지배했다. 타국에게 아무리 피해를 입히더라도 루시타니아인에게는 고난에서 출발한 영광의 길이다. 이제 와서 멈춰 설 수도, 돌아갈 수도 없었다. 파르스라는 풍요로운 나라를 모조리 먹어치우지 않으면 언젠가 자신들이야말로 잡아먹히고 말 것이다. 그렇게 되지 않으려면 기스카르를 어떻게든 구출해내야만 한다.

기스카르는 이노켄티스 7세 개인에게도 어떤 어려운 문제든 해결해주는 소중한 동생이었다. 어렸을 때부터 "어떡하지, 어떡하지." 중얼거리고 있으면 동생이 정리해주었다. 혀를 차거나 한숨을 쉬거나 빈정거리는 소리를 하면서도 어쨌거나 형이 못하는 일을 대신 해주었던 것이다.

기스카르의 지도력과 처리능력이 없었다면 루시타니아는 언제까지고 대륙 북서쪽 변두리의 빈민국이었을 것이다. 유력한 신하나 무장은 그 사실을 잘 알기에 기스카르를 죽게 내버려두고 자신이 권세를 쥐겠다는 꿍꿍이를 품는 자는 없었다. 없어야 했다.

두 장군, 몽페라토와 보두앵은 왕제에게 병권을 위임받아 파르스 왕태자 아르슬란의 군대와 싸우기 위한 준비를 갖추던 와중에 이 난감한 일과 맞닥뜨렸다. 그들은 성 밖의 적과 싸우기 전에 우선 성 안의 적을 정리해야만 했다.

"반드시 왕제 전하를 구해내야 하네. 그렇지 않고서는 루시타니아는 진흙으로 지은 집처럼 녹아내려 타향에서 사라지고 말 걸세. 우선 우리 자신의 운명을 걸고, 안드라고라스에게서 전하의 신변을 되찾으세."

몽페라토가 결의를 입에 담고 보두앵도 고개를 끄덕였다. 그들은 왕궁의 한 곳에 틀어박힌 샤오 안드라고라스와 타흐미네 왕비를 대군으로 포위했으나, 그다음부터는 사실 쉽지 않았다.

만일 성 안에 안드라고라스를 놔둔 채 성 밖에서 파르스군의 공격을 받는다면. 그렇게 생각하니 몽페라토도 보두앵도 전율을 금할 수 없었다. 루시타니아 전군은 조국과는 멀리 떨어진 타향에서 처참하게 멸망하고 말 것이다. 이제까지 쌓아왔던 고생도 영광도 진흙으로 쌓은 집처럼 무너져버릴 거라는 몽페라토의 비유는 전혀 과장이 아니었다.

결국 선택의 여지는 두 가지였다. 인질이 된 왕제 기스카르 공작을 버릴 것인가, 어떻게든 구출할 것인가.

전자를 선택한다면 이야기는 간단하다. 되풀이하지만 안드라고라스의 무용이 아무리 뛰어나더라도 혼자서 루시타니아군 30만을 모두 없애지는 못할 테니까. 그러나 이 방법을 선택할 수는 없었다. 이리하여 사태는 고착 상태에 들어가고 루시타니아인들의 사안은 제자리를 맴도는 미로에 빠지게 되었다.

이럴 때야말로 형왕 이노켄티스 7세가 의연히 동생을 구출할 작전을 지휘해야 할 것이다. 그러나 신에 홀린 국왕은 자기 방에 틀어박혀 기도만 할 뿐 구체적인 대책을 전혀 세우려 하지 않았다. 몽페라토도 보두앵도 이미 국왕을 포기했으므로 국왕의 방에 그림자처럼 숨어든 암회색 옷의 사내의 존재는 알지 못했다. 조바심이 난 보두앵은 몽페라토에게 으르렁거렸다.

"신은 대체 뭘 하시나. 이알다바오트 신은 신앙심 깊은 루시타니아인의 위기를 그냥 보고만 계시려는 건가?"

루시타니아인에게 이는 금기시된 의문이었다. 그러나 기스카르의 고난과 자신들의 무력함을 생각하면 신성불가침한 신에게 푸념 한두 마디는 늘어놓고 싶어졌다.

사로잡힌 지 벌써 며칠이 지났을까. 기스카르는 시간 개념도 희미해졌다. 당당한 장년의 귀족으로서 궁정의 귀부인들도 시골 처녀들도 소란을 피워대며 달려들던 몸이 사슬에 묶인 채 바닥에 나뒹굴고 있었다.

왕궁 전체는 루시타니아군이 지배했지만 안뜰에 인접한 복도에 에워싸인 이 방은 안드라고라스가 지배한다. 조금 비꼬아서 말하자면, 이 방은 루시타니아인의 바다에 뜬 파르스의 조그만 왕실이었다.

심신의 고통과 피로는 견디기 힘들었으나 기스카르는 자신을 채찍질해 끊임없이 머리를 굴렸다. 이대로 안드라고라스의 손에 죽는다면 기스카르는 후세에 영원한

수치를 뒤집어쓰게 될 것이다. 파르스와 마르얌 두 대국을 정복하고 루시타니아 사상 최대의 위업을 달성했다는 사실은 잊히고 나쁜 평판만이 남는다. 그런 일은 도저히 견딜 수 없었다.

몽페라토나 보두앵은 분명 왕제를 구출할 수단을 생각하고 있겠지만 그들에게 자신의 생사를 맡겨놓은 채 느긋하게 있을 수는 없었다.

안드라고라스에게는 허점이 없을까? 기스카르는 자신을 사로잡은 자를 관찰했으나 자유를 회복한 파르스 샤오는 화강암으로 세운 탑처럼 굳건하여 허점이 없는 것만 같았다. 그래도 포기해버릴 수는 없었다. 이것저것 시도해보자.

"가르쳐다오. 오늘이 며칠이냐?"

"알아봤자 소용도 없을 텐데, 루시타니아 왕제."

안드라고라스의 대답은 짧고 무정했다. 가능한 한 기스카르와 말을 섞지 않으려고 노력하는 것처럼 보였다. 소중한 인질이 죽어버리면 곤란하니 식사와 물을 주기는 하지만 사슬에서 풀어주질 않아 기스카르는 개처럼 직접 입을 대 먹고 마셔야만 했다. 굴욕의 극치였다. 그러나 먹지 않으면 체력이 떨어져 도주할 기회도 줄어든다. 두고 보라고 생각하면서 기스카르는 먹고 마시고 생각했다.

그건 그렇다 쳐도 그것은 무슨 뜻이었을까. 기스카르는 생각하지 않을 수 없었다. 신체의 자유를 빼앗기고 생명을 위협받으면서도, 그러면서도 여전히 그가 궁금했던 것은 왕비 타흐미네가 남편인 안드라고라스에게 던졌던 말이었다.

『나의 아이를 돌려주십시오!』

왕비 타흐미네와 안드라고라스 사이에서 태어난 자식이라면 왕태자 아르슬란이 아닌가. 이를 돌려달라니, 대체 무슨 사정이 있었단 말인가. 아르슬란 말고도 샤오 부부에게는 자식이 있었고, 그 아이가 부왕의 명령으로 어딘가에 끌려갔다는 뜻인가? 기스카르는 판단이 서질 않았다. 그래도 여전히 집요하게 생각했던 이유는 생각하는 것이 인간 된 증거처럼 여겨졌기 때문이었다.

문득 기스카르는 다른 생각을 떠올렸다. 그것은 은가면이 기스카르에게 고백했던 그의 정체였다. 이에 대해 지하감옥에서 이야기를 나누던 중 안드라고라스는 사슬을 끊고 스스로 풀려났다. 기스카르는 눈을 빛내고 어조를 가다듬어 파르스 샤오에게 말했다.

"히르메스라는 이름을 들어본 적이 있겠지, 안드라고라스."

기스카르의 목소리가 들렸을 때 갑주를 걸친 안드라고라스의 몸이 살짝 흔들린 것처럼 보였다. 기스카르는

왕비 타흐미네의 반응을 확인하려 했지만 그의 시야는
안드라고라스의 다부진 갑주 차림에 가로막혀 왕비는
볼 수 없었다.

보기 드문 일이지만 안드라고라스는 의자에 앉은 채
기스카르를 정면으로 보았다. 바닥에 쓰러진 채로 기스
카르는 간신히 그 시선을 똑바로 받아냈다.

"히르메스는 짐의 조카다. 짐이 형왕을 살해하고 왕위
를 찬탈했다고 믿는다. 그러나 그는 이미 죽었다. 그렇
게 대답했을 텐데."

"사실인가?"

"무엇을 두고 묻는가?"

안드라고라스는 짐짓 되물었다. 질문의 의미를 이해
했으면서도 오만하게 구는 것이다.

"그대가 형왕을 살해했다는 말이."

한껏 자연스럽게 꾸밀 생각이었지만 살짝 목소리가 갈
라지고 말았다. 안드라고라스의 눈이 먼 곳을 보고 있
었다.

"산 자는 알 필요도 없는 일이다."

무뚝뚝하게 대답하기까지 간극이 있었다. 그때 조각상
처럼 앉아 있던 타흐미네가 베일 너머로 남편을 쳐다본
것 같았다. 그러나 입 밖으로는 아무 말도 하지 않았다.

"히르메스는 그것을 몰랐지. 그놈에게는 진실보다도

자신이 마음에 그린 상상도가 더 소중했던 것이다. 하기야 그 점은 그대들의 국왕과도 비슷하지만."

멋들어지게 정곡을 찌르는 바람에 기스카르는 대답을 할 수가 없었다. 아무튼 안드라고라스는 분명 대답을 회피했다. 대등한 입장이었다면 기스카르는 더욱 날카롭게 추궁했으리라. 그러나 기스카르는 추궁을 단념했다. 그래봤자 안드라고라스를 불쾌하게 만들 뿐이다.

소중한 인질이라는 사실은 잡은 자도 잡힌 자도 잘 안다. 죽일 수는 없다. 그러나.

"한쪽 귀를 잃는다 한들 인질의 가치는 변하지 않지. 아니면 손가락이 좋겠나?"

나직하게 웃으며 안드라고라스가 기스카르의 한쪽 귀에 대검 칼날을 들이댔던 것은 사태가 고착에 빠지고 나서 시간이 좀 지났을 때였다. 실행에 옮기지는 않고 말로만 그쳤지만 기스카르에게는 충분한 위협이 되었다. 그 후로 기스카르는 자신의 처지를 낙관적으로 보지 않으려 했다.

II

이번에는 안드라고라스가 입을 열었다.

"한데 짐에게도 묻고 싶은 것이 있다, 루시타니아 왕

제여."

"……무엇을 묻고 싶나?"

"짐의 든든한 아군에 대해."

"파르스군 말인가."

"그렇다. 파르스에는 아직 10만이 넘는 장병이 멀쩡하게 남아 있을 터. 그들의 동정을 알고 싶다."

"그건……."

"어물거리는 것을 보니, 어쩌면 왕도 성벽 앞까지 당도했는지도 모르겠군."

안드라고라스의 시선이 부하들 쪽으로 움직였다. 바로 며칠 전까지 지하감옥의 고문기술자로서 안드라고라스에게 고통을 주었던 사내들이었다. 그러나 한번 자유를 되찾은 안드라고라스는 인간의 격이 달랐다. 이제 그들은 안드라고라스의 명령에 따라 묵묵히 움직이는 뼈와 살을 가진 인형으로 변했다.

그들은 원래 전사가 아닌 고문기술자들이다. 사슬에 묶여 제대로 움직이지도 못하는 기스카르에게는 그들의 시선이 으스스해서 견딜 수가 없었다. 한창때이며 건강한 기스카르의 몸은 고문기술자들에게 매우 괴롭히는 보람이 있지 않겠는가.

기스카르의 심중을 아는지 모르는지,

"이알다바오트 신이라는 자는 꽤 위대한 존재일지도 모

르겠군. 그런 국왕이 있는데도 파르스를 정복하다니."

그렇게 중얼거린 안드라고라스는 약간 표정을 바꾸어 기스카르를 바라보았다. 허리춤의 대검이 서늘한 소리를 냈다.

"그래서, 파르스군은 이렇게 되있나. 아직 대납을 듣지 못했다, 루시타니아 왕제여."

"페샤와르 성을 출발해 대륙공로를 따라 서쪽으로 오고 있다."

기스카르는 대답했다. 숨긴다 해도 달라질 것이 없는 일이었다. 루시타니아 측의 2개 성이 함락당했다는 것도 밝혔다. 밝히는 동안 기스카르의 머릿속에서는 한 가지 계산이 급성장하기 시작했다. 형왕이었다면 이를 두고 이알다바오트 신의 계시라고 했을 것이다. 안드라고라스의 애매한 반응을 통해, 그가 왕태자 아르슬란의 무훈을 곧이곧대로 기뻐하지 않는다고 기스카르는 내다보았던 것이다. 이는 이용해야만 한다고 확신을 품었다.

한편 루시타니아군 쪽에서는 곤경을 타개하기 위해 보두앵이 한 가지 책략을 강구하고 있었다.

"안드라고라스는 언제 잠들지? 놈이 잠든 틈에 습격하면 왕제 전하를 구출할 수 있지 않겠는가."

지당한 제안이었다. 루시타니아군이 보기에는 안드라고라스의 무용이 두려울 뿐 다른 자들은 거론할 가치가 없다. 안드라고라스가 잘 때 습격하면 사태는 단숨에 정리가 되지 않겠는가.

"난입하여 안드라고라스를 베는 거다. 겸사겸사 타흐미네, 그 정체 모를 요녀도 다 같이 달려들어 죽여버리세. 국왕 폐하는 진노하시겠지만 누가 죽였는지 모르면 벌을 내리실 수도 없겠지."

보두앵이 강경파다운 발언으로 몽페라토의 신중론을 밀쳐냈다. 몽페라토도 당장 대안이 없어 마지막에는 보두앵의 의견에 동의했다. 부디 무리는 하지 말 것, 안드라고라스를 치기보다는 우선 기스카르 공작을 구출할 것 등등 조건을 덧붙여서. 원래 보두앵도 그럴 생각이었다.

시각은 새벽 직후를 선택했다. 심야가 아니라 이 시각을 고른 데에는 충분한 이유가 있었다. 심야에는 안드라고라스도 야습을 예측할 것이다. 하룻밤 내내 자지 않고 긴장하게 만들면 날이 밝았을 때는 분명 긴장도 풀리리라.

이리하여 선발된 완전무장한 기사들이 아침 동이 튼 것과 동시에 안드라고라스가 농성 중인 방으로 쳐들어갔다.

"각오하라, 사교도의 왕!"

선두에 선 기사는 검을 들고 돌입했다.

안드라고라스에게서 돌아온 대답은 목소리도, 잠이 덜 깬 얼굴도 아니었다. 수평으로 내달린 검광이었다.

루시타니아 기사의 목은 선혈을 뿌리며 포석 위로 굴러갔다. 머리를 잃은 몸통은 절단면을 피의 샘으로 바꾸며 그대로 뻣뻣이 서 있다가 눈을 두 번 깜빡일 만한 시간이 지난 후 둔중한 소리를 내며 바닥에 쓰러졌다.

그것이 계기가 되어 격렬한 칼부림이 시작되었다.

원래는 일방적인 살육이 될 줄 알았다. 검을 뽑아 들고 방으로 쳐들어간 루시타니아 기사들은 40명이나 되었던 것이다. 반면 이에 맞서 싸우는 파르스 측은 열 명도 안 된다. 아니, 엄밀히 말하자면 단 한 사람이다. 무수한 칼날에 포위당해 수많은 사람들에게 베여 피바다에 잠길 거라 여겼다.

그러나 그렇게는 되지 않았다. 아트로파테네 이후 처음 갑주로 거구를 감싼 안드라고라스는 아트로파테네에서 발휘하지 못했던 무용을 왕궁에서 마음껏 펼쳤다.

두 번째 기사는 바람을 가르고 날아든 파르스 샤오의 검을 간신히 받아냈다.

칼 울리는 소리에 이어 죽음의 신음 소리가 터졌다. 안드라고라스의 강검은 루시타니아 기사의 검을 부러뜨리고 그대로 속도와 기세를 늦추지 않은 채 상대의 목덜미에 꽂혔던 것이다.

그 기사가 피의 소나기를 뿌리며 바닥에 쓰러졌을 때는 이미 다음 희생자가 안드라고라스의 대검에 걸려들어 머리와 몸통을 반대 방향으로 날리고 있었다. 완력도 검술도 박력도 강렬하기 그지없었다. 피가 튀고 목이 날아가고 뼈가 부서지고 살점에 갈라져, 결코 약하지 않은 루시타니아 기사들이 풀이라도 베는 것처럼 쓰러져갔다. 안드라고라스는 그저 샤오로서 파르스군에 군림했던 것이 아니라 그야말로 실력으로 파르스군을 통솔했음을 루시타니아인들은 똑똑히 깨달았다. 피 냄새가 실내에 충만하고 문에서 복도로 밀려나가게 되어 루시타니아군은 계획을 단념했다.

"실패했나……!"

하늘을 우러르며 보두앵이 탄식했다. 수많은 희생자를 냈으나 안드라고라스를 없애지도, 기스카르를 구출하지도 못했다.

생존자들은 문으로 도망쳤으나 멀쩡한 사람은 하나도 없었다. 불운한 기사들의 상처에서는 피와 함께 패배감과 굴욕감이 흘러나와, 이를 알아차린 보두앵과 몽페라토도 당장 재공격에 착수할 마음은 들지 않았다. 이제는 몇 번째인지도 알 수 없었지만 두 장군은 분한 얼굴로 서로를 마주 보았다.

"저렇게 강한 자가 다 있다니. 인간 같지가 않군."

허세를 부려볼 기력도 없어 보두앵은 손등으로 이마의 땀을 닦았다.

"아트로파테네에선 저런 자에게 용케도 이겼는걸. 전부 꿈이 아니었나 하는 생각마저 드네."

"그럴지도 모르지."

몽페라토의 대답은 심각했다. 실제로 전부 꿈이었던 것만 같았다. 마르얌을 멸망시키고 파르스를 정복한 것도. 피 냄새와 보물의 광채를 손에 넣었던 것도. 왕제 기스카르가 사로잡힌 것도. 이것이 모두 하룻밤의 꿈이고, 눈을 뜨면 자신들은 루시타니아의 누추하고 침침한 왕궁에서 깨어나는 것이 아닐까.

몽페라토가 상당히 음습한 생각에 사로잡혀 있으려니 종종걸음으로 다가오는 발소리가 들렸다. 기사가 신는 군화 소리가 아니라 부드러운 천으로 만든 소리였다. 돌아본 몽페라토와 보두앵의 눈에 조그만 사내가 들어왔다. 국왕 이노켄티스 7세의 시종이었다.

"국왕 폐하께서……."

주어만 들었을 때 몽페라토는 루시타니아의 신하로서 해선 안 될 상상을 했다. 거의 도움이 안 되는 국왕 이노켄티스 7세가 졸도했거나 급사라도 해주지 않았을까 하고. 그러나 주어에 이어진 시종의 말은 예상을 넘어선 것이었다.

"갑옷을 가져오라고 말씀하셨습니다."

"……누가 입는단 말이냐, 갑옷을."

"국왕 폐하께서 몸소 입으시겠다 하옵니다."

그 목소리는 몽페라토의 귀에 도달했지만 마음까지는 금방 도달하지 못했다. 이 세상에 있어서는 안 될 목소리를 들은 것처럼 몽페라토는 시종을 돌아보았다.

"폐하께서 갑옷을 입으시고 무엇을 하시겠다는 게냐?"

그렇게 묻는 자신의 목소리도 이 세상에 있어서는 안 될 것처럼 여겨졌다. 대답은 더욱 현실감이 없었다.

"폐하께서는 괘씸하고 방약무인한 안드라고라스와 1 대 1로 대결하기를 희망하셨나이다. 따라서 그 뜻을 안드라고라스에게 전하고 오라 하셨나이다."

"대결……?"

몽페라토는 현기증을 느꼈다.

이노켄티스 7세는 체격은 좋지만 체력이 약해 갑옷을 입고 싸울 수 있는 사람이 아니다. 그 정도가 아니라 한 걸음도 움직이지 못할 것이다. 검술을 모양만 배웠을 뿐 실전을 경험한 적도 없다. 안드라고라스의 무용에 어찌 대항할 수 있겠는가. 파르스 샤오가 한 손을 슬쩍 움직이기만 해도 루시타니아 국왕의 목은 몸통과 작별을 고하리라. 승부가 될 리 만무하다. 어리석은 국왕의 어리석은 계획을 저지해야만 했다.

몽페라토는 국왕의 방으로 뛰어갔다. 파르스풍의 풀꽃 문양이 새겨진 거대한 쌍여닫이문 앞에서 시종들이 곤혹스러운 시선을 나누고 있었다. 실내에서 공연히 요란한 금속성이 들려왔던 것이다. 황급히 입실한 몽페라토의 눈에 비친 것은 시종들의 도움을 받아 은회색 갑옷을 입고 있는 이노켄티스 7세의 모습이었다.

"오, 몽페라토. 염려하지 말거라. 기스카르가 없어도 짐이 있지 않느냐. 루시타니아는 걱정 없다."

"폐하……."

몽페라토가 신음했다. 기스카르 공작이 안 계셔도 스스로 국가를 통치할 수 있다고 생각하시는 겁니까. 그렇게 묻고 싶었으나 아무리 그래도 입 밖에 낼 수는 없었다.

문득 마음의 일부가 꿈틀거렸다. 마음대로 하라는 기분이 든 것이다. 아무리 말려도 듣지 않는다면 마음대로 하게 둘 수밖에 없다. 안드라고라스에게 베여 죽고 싶다면 그렇게 하게 놔두면 되지 않겠는가. 그래봤자 루시타니아에서 곤란해질 사람은 아무도 없다.

나직한 웃음소리가 났다. 몽페라토를 똑바로 바라보며 이노켄티스가 입술을 일그러뜨리고 있었다.

"다 알고 있다. 그대들이 짐보다도 기스카르를 중히 여긴다는 것을."

얼음조각이 몽페라토의 등줄기로 미끄러져 내렸다. 그는 높아지는 심장 고동을 억눌러 감추며 국왕을 다시 쳐다보았다. 혈색이 좋지 못한 이노켄티스 7세의 얼굴에 기묘한 두 개의 광점이 있었다. 두 눈에 핏발이 서서 번들번들 빛나는 것이다. 몽페라토는 말문이 막혔다. 이렇게 세속적인, 권세욕의 기름에 찌든 국왕의 눈은 본 적이 없었다.

"그러나 국왕은 짐이다. 신에게서 지상의 지배권을 받은 자는 짐이다. 기스카르는 동생이라고는 하나 신하일 뿐이다. 이는 신과 인간이 모두 아는 사실이거늘 많은 이들이 잊어버리고 있다니, 슬퍼해야 할 일이 아니겠느냐, 몽페라토."

몽페라토는 대답할 말이 없었다.

생각해보면 국왕의 이러한 반응은 세상에서 딱히 보기 드문 일은 아니다.

보통 기스카르처럼 유능하고 강력한 동생이 있다면 형왕으로서 질투하고 의심하지 않겠는가. 동생이 공적을 세우면 질투가 나고, 궁정 내에서 세력을 떨치면 불쾌해진다. 이놈이 형인 자신을 몰아내고 스스로 왕위에 오르려는 것은 아닐까 생각한다. 그리고 차라리 그렇게 되기 전에 이쪽에서 선수를 쳐 동생을 죽여버릴 궁리를 한다.

왕족 간의 인간관계란 보통 그러한 것이다. 육친의 애정 따위 권력욕 앞에서는 봄철 얼음보다도 얄팍하고 약하다.

이제까지 루시타니아 궁정에서 왕과 왕제의 관계가 그렇게 되지 않았던 이유는 어째서일까. 기스카르가 현명했기 때문이기도 하지만, 그보다도 이노켄티스가 보통 사람과 달랐기 때문이었다. 동생의 충성을 믿어 의심치 않고, 국사의 실권을 맡긴 채 늘 신에게 기도만을 할 뿐이었다.

그러던 것이 아무런 전조도 없이 느닷없이 보통 사람으로 돌아와버리고 말았다. 이제까지 이노켄티스 7세가 기스카르를 칭찬할지언정 욕한 적은 없었다. 기껏해야 '기스카르도 매일 꼬박꼬박 예배를 드려야 할 텐데' 하는 정도였다. 뛰어난 실력자로서 수완을 발휘하는 동생을 질투하는 일 따위 없었다. 그것만은 신하들도 인정했으며, 이런 소리까지 하는 분위기였다.

"뭐, 다른 건 둘째치더라도 질투하시지 않는다는 건 좋은 일이지. 그 덕에 만사가 잘 돌아가니 상관하지 말기로 하세."

그런데 지금 이노켄티스 7세가 무어라 하고 있는가. 갑주를 걸치고, 무장을 하면서, 왕의 입을 통해 나오는 말은 동생에 대한 증오 어린 한 마디, 한 마디가 아닌가.

"기스카르는 동생이면서 형인 짐을 업신여겼다. 신하이면서 국왕인 짐을 경시했다. 왕이 있고서 왕제가 있거늘, 이를 잊고 정치도 전쟁도 자신 혼자만의 힘으로 해결할 수 있으리라 주제넘게 생각했던 게다. 그리고 지금은, 봐라. 목불인견이 아니더냐."

국왕이 무기를 가져오게 하여 검이며 창이며 메이스 같은 것들을 살펴보는 동안 몽페라토는 보두앵에게 속삭였다.

"대체 누가 폐하를 보통 사람으로 만들어 버렸을까."

"저게 보통인가? 아니, 저건 이제까지와는 반대 방향으로 이상해진 것뿐 아닌가?"

보두앵은 씁쓸하게 논평했다. 그는 동료인 몽페라토보다도 더욱 국왕을 무시하며 지켜봤으므로 국왕이 동생을 어떻게 생각하든 그딴 것은 똑똑한 동생에 대한 어리석은 형의 시기일 뿐이라고 생각했다. 이참에 안드라고라스가 이 진저리나는 국왕을 정리해주기를 기도하고 싶은 심정까지 들었다.

III

왕궁 안팎에서 루시타니아군이 난제의 소용돌이에 빠져 있을 때 한쪽에서는 기괴한 사건이 일어났다.

왕궁 복도를 순찰하던 병사 한 무리가 기묘한 그림자를 발견한 것이다. 그 그림자는 비쳐드는 아침 햇살을 피해 벽에 붙어 안드라고라스가 있는 방의 창문을 엿보려는 듯했다. 검은색에 가까운 암회색 옷으로 온몸을 감싸고 그림자의 일부에 녹아드는 것처럼 보였으나 아침 햇살이 몸의 윤곽을 어렴풋이 드러냈다.

"수상한 놈이구나. 웬 놈이냐!"

흔해빠진 소리와 함께 다섯 명의 병사가 달려가자 그 인물은 옷 안에서 눈을 번뜩이더니 귀찮다는 듯 몸을 움직였다.

암회색 옷이 기사들 앞에 펼쳐졌다. 그 옷이 장막이 되어 정경을 가렸다. 눈을 두 번 깜빡일 시간이 지난 후 옷을 치우자 다섯 명의 루시타니아 병사는 한곳에 겹쳐진 채 바닥에 쓰러져 있었다. 수백 년의 시간이 그들의 위를 통과한 것 같았다. 숨이 끊어진 그들의 몸은 바삭바삭 말라붙어 보존이 잘못된 양피지를 말아놓은 것처럼 보였다.

"흥, 시시하군……."

사내는 나직한 목소리로 비웃었다.

그의 이름은 고스타함. 왕도 엑바타나 지하 깊은 곳에 서식하는 마도사단의 일원이며 사왕 자하크의 재림을 고대하는 자들 중 하나다.

공기의 일부가 움직이더니 모습을 드러내지 않은 누군 가가 그에게 속삭였다.

"들켰군. 고스타함 자네 같은 이가 이렇게 부주의하게 행동하다니."

"구르간이군. 면목이 없네. 앞으로 어떻게 될지 나도 모르게 흥미가 동해서 말일세."

모습을 드러내지 않은 자와의 대화는 미미한 입술 움 직임만으로 이루어졌다. 고스타함은 창백한 얼굴에 창 백한 웃음을 지었다.

"잘되겠나?"

"글쎄. 존사님의 분부대로 따르기는 해 보았네만 나약 하고 무능한 루시타니아 국왕이 좋은 인형이 되어줄지 어떨지. 조금 불안한 기분일세."

"우리가 이러쿵저러쿵 거론할 수는 없지. 존사님의 분 부대로 따르면 그만이니. 그만 돌아가세, 고스타함."

목소리가 갈라지더니 사라지자, 고스타함은 약간 미 련이 남은 듯 안뜰을 에워싼 복도를 둘러보고는 벽의 그 늘로 몸을 숨겼다.

이제 왕의 책임에 눈을 떴다──고 스스로는 생각하 고 있는 이노켄티스 7세는 무장을 갖추며 이렇게 명령 했다.

"안드라고라스에게 보이는 곳에서 파르스인들을 죽

여라. 놈이 검을 버리지 않는 한 몇천 명이든 죽이겠노라고 말해라. 그러면 결투에 응하지 않을 수 없을 게다. 놈이 파르스의 샤오를 자부하는 이상은."

무시무시한 명령이었다. 대주교 보댕이 이 자리에 있었다면 매우 기뻐했으리라. 그러나 루시타니아의 신하나 장군들은 왕명이라 해서 즉시 실행할 수는 없었다. 물론 엑바타나에 입성한 직후에는 수많은 파르스 남녀를 살육하고 약탈이며 폭행을 마음껏 자행했다. 이교도에게는 당연한 대가라고 생각했다. 그러나 지금은 사정이 다르다. 왕도를 점령한 지 반년, 루시타니아인의 손으로 나름대로 치안도 회복했고 만사가 자리를 잡아가고 있는 상황인데 또다시 학살을 저지른다면 민심이 동요한다. 만에 하나 민중이 결사의 각오로 폭동이라도 일으킨다면 그것이 성 밖의 파르스군과 이어져 어떤 사태로 확대될지 알 수 없다.

말하자면 기스카르는 루시타니아의 기둥이자 루시타니아인들에게 자신감을 불어넣어 주는 근원이기도 했던 만큼, 루시타니아인들은 지금 만사에 자신감을 잃어가고 있었다. 어쨌거나 기스카르 공작이 무사히 풀려날 때까지는 결정적인 일을 하고 싶지 않았다. 몽페라토도 보두앵도 말로는 즉시 따르겠다고 하면서도 시간을 버는 데만 급급했다. 그러는 한편.

"대결이다! 국왕 폐하께서 안드라고라스와 1대 1로 대결을 하신다!"

이 소문은 폭발적으로 퍼져나가 루시타니아 장병들은 귀를 의심했다. 사실임이 판명되자 위로는 장군에서 아래로는 일개 병졸까지 안드라고라스가 있는 궁정 한 곳으로 몰려들었다. 세상에 보기 드문 사건을 구경하겠노라는 태세였다.

"귀신 들렸다는 생각밖엔 안 드는데. 대체 폐하께 무슨 일이 있었담."

"혹시 저게 국왕 폐하의 정체고, 이제까지는 우둔함을 가장하셨던 건 아닐까?"

"우둔하다니, 말이 지나치지 않나. 하다못해, 그래, 약간 굼뜨다고 하자고."

"무슨 잘난 척을 하고 있어. 그게 그 소리지."

술렁이면서도 될 수 있는 대로 좋은 자리를 확보하고자 밀치락달치락하는 상황이었다.

참으로 기묘한 일이었다. 사로잡힌 기스카르와 그를 구출하려는 자들에게 이보다 심각한 사태는 없다. 그런데도 이노켄티스 7세가 "대결이다!"라고 외친 순간 모든 것이 희극의 양상을 띠기 시작한 것이다.

안드라고라스는 대결 신청을 정식으로 받아들인 것은 아니었다. 실외의 소동에 위압적으로 눈을 부릅떴을 뿐

소중한 인질의 곁을 떠나려 하지 않았다. 물론 기스카르는 사태를 알 도리도 없었으므로 불안을 억누르는 것이 고작이었다.

국왕과 국왕의 대결이라면 이보다도 엄숙하고 의식적인 장면은 없어야 할 것이다. 그러나 실제로 시작되려는 것은 아무리 미화하려 한들 루시타니아의 농촌에서 공연할 만한 떠돌이 극단의 연극 정도밖에 안 되는 싸구려 희극이었다. 몽페라토는 숫제 악몽의 극치라는 생각마저 들었다.

이알다바오트 교도에게는 속이 탈 지경이지만, 아무리 보아도 이교도의 왕이 전사로서 역량도 품격도 훨씬 위였다. 겨우 완전무장을 갖추고 이노켄티스가 복도에 모습을 나타냈을 때 루시타니아의 장군들은 필사적으로 웃음을 참아야만 했다. 병사들은 참다못해 소리를 죽여 웃음을 흘렸다.

이노켄티스 7세만큼 갑주가 어울리지 않는 남자도 보기 드물었다.

이노켄티스 7세의 체격과 값비싼 갑주의 아름다움 덕에 모양만이라도 훌륭한 기사상이 이루어져야 할 것이다. 그런데 그리되지 않는 것이다. 이노켄티스의 갑주 차림은 뭐랄까, 착용한 자와 착용당하는 갑옷 사이에 서로 반발하는 무언가가 존재한다고밖에 여겨지지 않았다.

아무튼 갑주를 입고 커다란 검을 든 이노켄티스는 복도를 따라 걸어나왔다. 루시타니아군 장병들 사이에서 술렁임이 일어났다. 물론 감탄한 목소리는 아니다. 거의 자포자기라고밖에는 표현할 도리가 없었다. 그 술렁임이 몽페라토를 오싹하게 만들었다. 과거 루시타니아인은 가난하지만 나름대로 소박한 민족이었다. 그러나 신의 이름을 이용해 타국의 토지를 침략하고 부를 빼앗고 백성들을 학대하는 방법을 익혔다. 승리하면서 마음이 풍요로워지지 않고 오히려 황폐해졌다. 그 황폐한 마음이, 장병들의 거칠고 병적인 술렁임에서 또렷이 드러나는 듯 여겨졌던 것이다.

이노켄티스가 뻣뻣한 움직임으로 검을 쳐들었다. 그리자 다시 술렁임이 일어났다. 어릿광대에 대한 환성이었다.

"못 봐주겠군."

보두앵이 내뱉듯 중얼거렸다.

"승자이자 정복자인 우리가 먼 외국에서 왜 이러한 굴욕을 맛봐야 한단 말인가. 국왕 때문에 신하가 치욕을 당해야 하다니, 이게 가당키나 한가?"

"파르스인 관객이 거의 없는 점이 그나마 다행이군."

"다행은 뭐가 다행인가!"

보두앵이 고함을 지르곤 순수한 증오를 담아 자신들의

국왕을 노려보았다. 이노켄티스 7세의 등에 눈이 있었다 해도 망토와 갑주에 가려져 보두앵이 노려보았다는 사실은 몰랐을 것이다.

동생이 사로잡힌 방 앞으로 나가자 이노켄티스는 문을 노려보았다. 파르스풍으로 앞다리를 든 시르(사자)의 도안이 가미된 문이다. 사자의 두 눈에 박힌 홍옥이 진홍색 광채로 침략자의 왕을 노려보는 것 같았다.

"파르스 샤오 안드라고라스에게 루시타니아 국왕 이노켄티스가 청한다. 문을 열고 응대하라!"

당당한 선언이었으나 실내의 안드라고라스에게는 통하지 않았다. 이노켄티스가 루시타니아어로 말한 데 반해 안드라고라스는 파르스어밖에 알아듣지 못했기 때문이었다. 당연히 안드라고라스는 대답하지 않았으며, 루시타니아 기사들도 일부러 통역해줄 마음은 들지 않았다.

실내에서 메아리조차 돌아오지 않자 이노켄티스는 난폭하게 검을 휘두르며 목소리를 높였다.

"왕이 왕에게 결투를 청하지 않느냐. 그저 서로를 베기만 할 뿐이 아니다. 저주받은 이교도의 왕이여, 그대가 만일 짐에게 승리한다면 우리 루시타니아군은 빼앗은 재물을 모두 돌려주고 파르스를 떠나가겠노라. 이 사실을 유일절대한 신을 걸고 맹세한다!"

"무, 무슨 소리를……!"

루시타니아의 중신들은 경악했다.

대결에서 이노켄티스 왕이 안드라고라스에게 이길 리가 없다. 그 결과 루시타니아군은 모든 재물을 돌려주고 파르스에서 떠나야만 한다. 물론 이교도와의 약속 따위 지킬 필요도 없지만 국왕 간의 결투에 패배했다는 것과 한번 입에 담은 서약을 어겼다는 것, 이중의 수치를 뒤집어써야만 한다. 기스카르 공작은 여전히 돌아오지 않는다.

"국왕 폐하는 병환이 나셨다. 즉시 침소로 모셔라!"

보두앵이 고함을 질렀다. 창졸간의 결단이었다. 이 이상 국왕의 괴짜 짓에 어울려줄 수는 없었다. 기사들은 한순간 얼굴을 마주 보았으나, 국왕이 병이 났다면 힘으로라도 말려야 할 이유가 생긴다. 눈짓을 나눈 후 대여섯 명이 동시에 이노켄티스에게 달려들어 몸을 붙들었다.

"국왕에게 이 무슨 짓들이냐, 불충한 것들!"

고함을 지른 것과 동시에 검이 번뜩였다. 자신을 붙잡으려던 기사들을 향해 이노켄티스가 검을 치켜들고 내리친 것이다.

국왕의 동작은 느릿느릿했다. 기사들도 갑옷을 걸치고 있었다. 국왕의 참격은 한 기사의 갑주 표면을 찢어

지는 소리와 함께 미끄러지다 손등에 찰과상을 입혔을
뿐이었다. 즉시 다른 기사가 국왕의 손에서 검을 빼앗
아 바닥에 집어던졌다. 검이 둔중한 소리를 내며 포석
위로 굴러갔다.

"어서 모셔라. 어의의 처방을 받아 푹 주무시도록 해
드려라."

보두앵이 명령했다. 약을 먹여 재워버리라는 소리였
다. 발버둥 치는 국왕이 기사들에게 반쯤 안긴 채 끌려
나가려 했을 때 기이한 소리가 울려 퍼졌다.

막 손등에 찰과상을 입었던 기사가 포석 위로 풀썩 쓰
러진 것이었다. 뱃속까지 얼어붙을 것 같은 기분 나쁜
신음소리가 납빛으로 변한 기사의 입술에서 새나왔다.
그 소리가 끊어지자 시커먼 피의 폭포가 입에서 쏟아졌
다. 갑주에 에워싸인 팔다리가 딱딱하게 굳어가는가 싶
더니 온몸이 경련하고, 기사는 움직임을 멈추었다.

모두가 아연실색해 뻣뻣이 서 있는 가운데 몽페라토가
기사에게 다가갔다. 숨이 끊어진 것을 확인하고 이노켄
티스의 손에서 떨어졌던 검을 주워들었다. 칼날에 얼굴
을 가져갔을 때 자극적인 냄새가 코를 찔렀다. 검에 유
황성 독극물이 묻어 있었다.

"이것이 폐하께서 자신감을 보였던 이유였나? 그러나
결투에 독검을 가져오시다니……."

상대가 이교도라 해도 기사도에 어긋나지 않는가. 루시타니아군에서 가장 고결한 기사라 불리는 몽페라토는 반감을 느꼈다. 망연자실 서 있는 그의 곁에서 보두앵이 내뱉었다.

"애초에 파르스 같은 곳에 너무 오래 있었던 걸세. 죽일 만큼 죽이고 빼앗을 만큼 빼앗았으니 왕도에 불을 지르고 냉큼 철수하면 좋았을 것을. 나머지는 파르스인들과 마물에게 맡겨두면 되는데 쓸데없이 오래 눌러앉으니 이 모양이지!"

보두앵의 목소리를 들으며 몽페라토는 관자놀이에 둔중한 아픔을 느꼈다. 파르스군과의 결전을 맞기도 전에 루시타니아군이 붕괴되어 간다는 생각이 들었다. 두 다리가 진흙으로 만들어진 거인 인형처럼.

IV

파르스 동방국경에 투란군이 침공해, 아르슬란군이 급히 반전하여 페샤와르 성에 들어가고, 데마반트 산에서는 히르메스와 기이브가 검과 말을 겨루었다. 전략적으로도 정략적으로도 지극히 중요한 시기였다. 그 중요한 시기에 루시타니아군은 움직일 수가 없었다. 그뿐이랴, 움직일지 말지를 결정할 수조차 없었다. 이노켄티스 왕만이 아니라 루시타니아 전군이 기스카르 없이는 아무것도 할 수 없었던 것이다.

그러나 고착상태에도 한도가 있다. 마침내 안드라고라스가 교섭을 청한 것은 이노켄티스 7세가 신하들에게 끌려나가 강제로 수면제를 먹고 호화로운 침대에 떠밀려 들어간 직후였다.

"갈아탈 것까지 포함해 말 열 마리, 그리고 사두마차 한 대를 마련하라. 또한 우리가 왕도 성문을 나갈 때까지 절대 손을 대지 않겠노라 확약하라."

그 말을 들은 몽페라토는 내심 약간 의외였다. 국왕이 정신 나간 모습을 보이는 추태까지 드러낸 루시타니아군은 안드라고라스가 어떤 조건을 내세워도 어쩔 수 없는 상황이었다. 왕제 기스카르와 맞바꾸어 루시타니아 전군이 왕도를 떠나는 정도의 조건이 나올지도 모른다, 그때부터 긴 교섭이 시작되리라 각오했는데, 갑자기 종착점에 도달한 기분이었다.

"스스로 왕도를 나가겠다는 말인가?"

"그것이 그대들 루시타니아군의 바람이 아니던가?"

안드라고라스는 활짝 열린 문 너머로 비꼬는 웃음소리와 함께 대답했다. 이내 표정을 다잡더니 바닥 위에 대검을 쿵 꽂는다.

"짐이 왕도에서 나가고자 함은 당당히 대군을 이끌고

왕도를 탈환하기 위해서다. 다음에 그대들과 만난다면 말 위에서 정면으로 패업을 겨뤄보도록 하지."

정면에서 싸워 승리할 자신이 없느냐는 말은 입에 담지 않았다. 목소리로는. 그러나 몽페라토는 적의 왕이 행간으로 한 말을 이해했다.

"좋다, 알았다. 말과 마차는 즉시 마련하겠다. 또한 장병들에게도 손을 대지 말라고 통달하겠다. 그러나 왕제 전하는 언제 돌려줄 것인가? 그 조건에 따라 확약을 해두고 싶다."

몽페라토의 요구에 파르스 샤오는 냉혹한 웃음을 지었다.

"그렇군. 짐을 신용해줄 수밖에 없다만, 굳이 불안하다면 우선 절반만 돌려줄 수도 있다."

"절반이라니……?"

파르스어를 제대로 이해하지 못했나 싶어 몽페라토는 고개를 갸웃했다.

"왕제의 허리를 잘라 하반신만 돌려주겠다는 말이다. 어떤가, 받아들이겠나?"

"마, 말도 안 되는 소리를!"

말문이 막힌 몽페라토에게 안드라고라스는 벼락같은 일갈을 터뜨렸다.

"너희 루시타니아의 잣대로 판단하지 마라! 파르스의

무인은 신의로 대지에 서 있다. 왕비의 안전을 확보하기 위해서라도 기스카르 공작은 왕도 밖까지 동행시키겠지만, 머잖아 풀어주고 그대들에게 돌려보낼 것이다. 어차피 공작의 목도 국왕의 목도 엑바타나 성문 앞에 효수할 터이나 그것은 당당한 포진으로 그대들의 군을 격멸한 후의 일이다. 잊지 마라. 왕제의 목숨은 내 손아귀에 있다는 사실을!"

몽페라토는 얼어붙었다.

용맹한 왕의 위격을 온몸으로 접하고 몽페라토는 입을 꾹 다물었다. 설령 이노켄티스 왕이 독검을 휘둘렀다 한들 안드라고라스를 상처 입힐 수는 없었으리라. 그 사실을 절감했다. 하지만 정복자가 피정복자에게 이토록 패배감을 품어야 하다니, 이후의 승부가 대체 어떠한 형태로 이루어질지, 미리 가늠하기란 도저히 불가능할 것 같았다.

"그러한 국왕을 두어 루시타니아의 신하들도 고생이 끊이지 않겠군. 동정을 금할 길이 없다."

안드라고라스의 한마디가 몽페라토의 가슴을 저몄다. 조국을 떠나 오랜 원정을 떠난 후로 외국인에게서 이렇게 큰 굴욕감을 맛본 적이 없었다. 몽페라토의 손이 자신도 모르게 장검 자루에 걸렸으나 이를 보고도 안드라고라스는 태연했다.

"대저 왕이란 한 나라를 짊어져야만 하는 법. 병약함이나 나약함은 그 자체가 죄악이다. 왕이 약하면 국가가 멸망한다. 아니, 약한 왕이 국가를 멸망시키는 것이다. 그러나 그러한 말을 할 시기도 아니지."

몽페라토는 칼자루에 댔던 손을 떼었다. 그 후 자신이 안드라고라스에게 단칼에 베여 쓰러지는 광경을 마음에 떠올리고 새삼 등에 땀이 맺히는 것을 느꼈다. 어쨌거나 이렇게 강화가 성립되었다.

V

안드라고라스와 타흐미네 왕비, 그리고 여섯 부하는 말과 마차에 나누어 탔다. 고문기술자였던 부하 중 하나가 마부석에 오르고 마차 안에는 타흐미네가, 그리고 여전히 사슬에서 풀려나지 못한 기스카르가 탔다. 정확하게 말하자면 기스카르는 내팽개쳐져 있었다. 굴강한 사내들의 손에 넓지도 않은 마차의 바닥에 내던져졌을 때 기스카르는 한순간 숨이 멎었다.

열흘 치 식량과 식수가 든 가죽자루가 실리고 베일로 얼굴을 가린 타흐미네가 올라타 쿠션을 덧댄 의자에 앉자 마차는 즉시 달리기 시작했다.

왕궁에서 왕도 성문까지, 땅거미가 진 길을 따라 기괴

한 일행은 소리도 없이 지나갔다. 거리는 1파르상(약 5 킬로미터)이나 된다. 길가에는 루시타니아군의 병사 5만 명이 경비를 섰다. 갑주와 창이 등불에 반사되어 기이하게 반짝이는 벽을 도로 양옆으로 만들고 있었다.

엑바타나 시민들은 의문과 관심이 담긴 눈빛을 말없는 조그만 행렬에 보냈으나 루시타니아군의 대열과 어스름 때문에 정체를 파악할 수는 없었다. 사실 그들의 샤오가 이러한 형태로 왕도에서 나간다는 사실은 민중의 상상을 벗어나는 일이었다.

루시타니아군은 눈에 보이지 않는 긴장의 실에 묶여 투구 안에서 얼굴을 굳히고 있었다. 안드라고라스가 큰 목소리로 정체를 드러내고 민중에게 봉기를 촉구하면 어떻게 될까. 백만 민중이 일제히 폭동을 일으켰을 때 총지휘관이 없는 루시타니아군은 혼란에 빠질지도 모른다.

그러나 그럴 걱정은 없었다. 안드라고라스에게 민중은 통치할 대상이지 협조를 청할 대상이 아니었던 것이다.

"기다려라, 엑바타나여. 그대의 진정한 지배자가 대군을 이끌고 그대를 다시 취하러 올 날을."

성문을 지나 왕도 밖으로 나갔을 때 안드라고라스는 크지는 않지만 듣는 이의 뱃속에 울릴 것 같은 목소리로 그렇게 선언했다. 그 목소리는 마차 안에 있는 두 남녀에게도 들렸다. 파르스의 왕비 타흐미네와 루시타니아의 왕제 기스카르는 서로 한마디도 입을 열지 않았다. 타흐미네는 베일과 굳은 침묵으로 무장했고, 기스카르는 모든 기력을 잃은 것처럼 꼼짝도 하지 않았다.

안드라고라스가 선언한 것을 빼면 침묵을 유지한 채로 반 파르상(약 2.5킬로미터) 정도를 나아갔을 때 가도 좌우에 울창한 침엽수림이 나타나 거무죽죽한 그림자를 일행의 위로 드리웠다.

안드라고라스가 선두에 서서 숲 속을 나아가기 시작했을 때 한 줄기 바람이 몰아쳤다. 안드라고라스가 급히 고삐를 당겼다. 수많은 병사들이 발하는 기운을 느낀 것은 역전의 영웅이기에 가능한 일이었다.

루시타니아어로 된 함성이 터지고 좌우에서 루시타니아 병사들이 몰려나왔다. 검과 창이 새하얗게 별빛을 반사했으며 샤오 일행을 향해 낮은 위치에서 치고 올라왔다. 안드라고라스의 강검이 칼 울리는 소리와 단말마의 비명을 낳고 길 위로 피를 뿌렸다. 극심한 혼란 속에서 마차 문이 열리더니, 베일과 어둠으로 표정을 감춘 타흐미네가 기스카르의 몸을 끌어내 말없이 마차 밖으로 떠밀었다. 루시타니아의 왕제는 등을 부딪치는 바람에 숨을 쉬지 못했다. 겨우 신음소리를 내, 목을 막았던 무형의 덩어리를 토해내고 필사적으로 외쳤다.

"구해다오, 충실한 루시타니아의 기사들이여. 그대들

의 왕제가 여기 있다!"

마차는 질주하기 시작하고 샤오 일행은 혼란의 소용돌이를 돌파했다. 루시타니아군은 마차에서 떨어진 기스카르를 구하기 위해 파르스인들을 추적하지 않았다. 복병의 목적은 무엇보다도 기스카르를 구출하는 것이었다. 몽페라토가 어둠 속을 가능한 한 최대의 속도로 달려와 왕제의 사슬을 풀었다.

"왕제 전하, 무사하십니까!"

신뢰하는 부하의 목소리에 기스카르는 뻣뻣한 웃음으로 대답했다. 몸을 묶은 사슬이 소리를 내며 풀려나갔다. 기스카르에게 그것은 자유를 회복하는 천사의 노랫소리였다.

보두앵이 외쳤다.

"죽여라! 안드라고라스를 죽여라! 살아서 파르스군과 합류하게 해서는 안 된다!"

그 명령을 실행하고자 말발굽 소리가 일어나려 했다. 그러자 지쳐 쓰러질 것 같던 기스카르가 온몸으로 목소리를 터뜨렸다.

"안 된다! 안드라고라스를 죽여서는 안 된다. 보내주고 파르스군과 합류케 하라."

"예? 하오나 전하! 놈의 무예로 보나, 방심하지 않는 성격으로 보나, 지금 죽이지 않는다면 후환이 남을 것이옵니다."

"아니다, 내게 생각이 있으니 내 말대로 따라라. 죽여
서는 안 된다."

거듭되는 명령에 보두앵은 어쩔 수 없이 추격을 중지
시켰다. 화살비도 그쳤다. 안드라고라스 부부는 마침내
루시타니아군의 손을 벗어나 밤의 깊고 두꺼운 옷 속으
로 숨어들었다.

겨우 자유를 회복한 기스카르는 몽페라토에게서 받아
든 나비드 한 잔을 마셨다. 돌아온 보두앵이 왕제를 지
켜보며 의견을 제시했다.

"왕도의 수비를 다져야만 하옵니다. 안드라고라스가
호락호락 도망쳤으니 대군을 이끌고 쳐들어올 것이옵니
다."

"그건 그거대로 상관없다."

고개를 끄덕인 기스카르는 급속도로 심신의 활력을 되
찾아갔다. 파르스의 나비드가 왕제의 온몸에 활력을 불
어넣어준 것 같았다. 굵은 숨을 내쉬며 기스카르가 선
언했다.

"그러나 그 외에도 해야 할 일이 있다. 명심하라. 이
제부터 지시하는 내용을 모조리, 빠짐없이 수배해두어
야 한다."

기스카르가 명령한 것은 다음과 같은 내용이었다. 우

선 왕도 엑바타나의 성내에 있는 무기, 식량, 그리고 재물을 정리하여 수량을 정확하게 조사하고 언제든 운반할 수 있도록 해 둘 것.

"엑바타나를 고집할 필요는 없다. 여차하면 파르스의 보물을 모조리 빼앗아 마르얌으로 퇴거해도 되는 것이다. 알았나, 몽페라토."

"분부 받들겠나이다."

"그러면 그에 따라 성내에 언제든 불을 지를 수 있도록 해둘까요?"

그렇게 제안한 것은 보두앵이었다. 그러나 기스카르는 고개를 가로저었다. 엑바타나에 불을 지른다는 것은 그도 생각했다. 그러나 오히려 엑바타나를 무사히 남겨두는 편이 파르스군의 목표가 분산되리라 생각을 고쳐먹었다. 경우에 따라서는 파르스군과 교섭할 재료로도 사용할 수 있을 것이다. 불태워버리면 그것으로 끝장이다.

"게다가 내가 보기에 샤오 안드라고라스와 왕태자 아르슬란의 사이는 매우 소원하다 해도 과언이 아니다. 도망친 안드라고라스가 파르스군의 지휘권을 요구한다면 어떻게 되겠는가?"

기스카르의 표정은 신랄했다. 몽페라토와 보두앵은 눈을 크게 떴다. 기스카르는 일부러 안드라고라스를 놓아주고 파르스군 내부에 주도권 다툼을 일으킬 생각이었다. 굴욕적인 포로의 몸으로 지략만은 자유로이 굴리고 있었던 것이다.

"안드라고라스를 놓아준 것은 그대들의 패배가 아니다. 놈을 살려두어야 비로소 파르스군의 분열을 촉진시킬 수 있다."

기스카르는 얼굴을 찡그렸다. 온몸의 타박상이 시큰거렸기 때문이었다. 아픔에 대한 감각도 해방된 모양이었다.

"지금은 안드라고라스가 승리에 취하도록 내버려두어라. 그것도 영원히 가지는 않는다. 대군을 거머쥔 왕태자와 싸워 부자끼리 서로 죽고 죽이게 하면 되는 거다."

밉살스럽다는 듯 내뱉고는 기사들에게 눈짓을 하여 기스카르는 자신의 몸을 일으키도록 했다. 좌우의 팔을 기사들의 어깨에 얹으며 다시 명령했다.

"파르스어에 능통한, 외교 경험이 있는 자를 골라놓아라. 어쩌면 아르슬란 왕태자에게 사자를 보내게 될지도 모른다."

"왕태자에게 말씀입니까?"

"안드라고라스와는 같은 하늘 아래 살아갈 수 없지만 왕태자라면 교섭의 여지가 있을지도 모른다. 아니, 몰래 사자를 보내서 왕태자가 우리와 내통한다고 안드라고라스 놈에게 의심을 품게 만들 수도 있겠지."

왕제의 말에 중신들은 혀를 내둘렀다.

"분부대로 따르겠나이다. 그건 그렇고, 역시 왕제 전하시군요. 그러한 곤경에서도 이처럼 교묘한 정략을 구상하시다니."

"생각할 시간만은 얼마든지 있었거든."

씁쓸하게 웃음을 짓고 기스카르는 오른손을 기사의 어깨에서 떼어 자랄 대로 자란 수염을 매만졌다. 최소한도로 필요한 지시를 몇 가지 내리고 나자 피로가 급속도로 온몸에서 부풀어 오르는 기분이었다. 왕도 엑바타나에 돌아가 상처를 치료하고 나면 우선 침대에서 팔다리를 쭉 뻗고 자기로 하자. 눈을 뜨면 목욕을 하고 수염을 깎고, 그다음에는…….

'더 이상은 못 참겠다. 이제는 형식을 현실과 똑같이 만들어버리겠어.'

기스카르가 결심한 것과 거의 같은 시각, 엑바타나 왕궁에서는 루시타니아인의 형식적인 지배자가 호화로운 침대에서 눈을 뜨고 있었다. 태양이 하늘에 있는 동안 계속 잠들었던 것이다. 침대 옆에 뿔뿔이 벗어젖혀놓은 갑옷을 이상하다는 듯이 바라보며 이노켄티스는 시종들을 불렀다.

"짐이 이제까지 무엇을 하였느냐? 이러한 장소에서 잠이 든 기억이 없다만……."

침대에 끌려올 동안의 기이한 흉포함도 사라져 여느 때의 나약하고 종잡을 수 없는 이노켄티스 왕으로 돌아왔다. 시종들은 얼굴을 마주 보고, 국왕의 거친 행동이 되살아나지 않음을 확인한 후, 사로잡힌 파르스 샤오가 왕궁에서 탈출했음을 밝혔다.

"뭐야, 안드라고라스가 도망쳐?!"

이노켄티스 7세는 아연실색한 듯했으나 이내 안달하는 목소리로 물었다.

"그, 그렇다면 타흐미네는 어떻게 되었느냐?"

아연실색하고 또한 속이 끓어 시종은 일부러 다른 소리를 했다.

"왕제 전하 기스카르 공께서는 무사하시옵니다. 왕실을 위해 참으로 다행이옵니다."

"오오, 그러냐. 그거 다행이구나. 그래서 타흐미네는 어떻게 되었느냐고 묻지 않느냐."

"왕비는 파르스 샤오와 함께 도망쳤습니다."

시종이 그렇게 대답한 후 한바탕 소동이 일어났다. 낯빛을 잃은 루시타니아 국왕은 침대에서 뛰어내렸다가 자신이 벗어던져 놓았던 갑주에 걸려 넘어졌다. 시종들은 몇 겹으로 포개어져 국왕을 붙잡으려 했으나 실의에 빠진 국왕은 반 광란 상태로 날뛰어 불행한 시종들은 온몸에 손톱자국을 남기고 말았다. 겨우 지쳐 쓰러진 국왕은 침대에 드러누웠으나 여전히 끙끙대며 잠들지 못하는 시간을 보내다가 왕제의 생환 보고를 받았다. 옷도 갈아입지 않고 형왕과 면담을 청한 기스카르는 공손히 인사를 올렸다.

"신과 형님 덕에 무사히 구조되었소."

물론 비꼬는 말이었다. 그러나 이노켄티스 왕에게는 통하지 않았다. 파르스 왕비 타흐미네의 행방을 묻고, 안드라고라스와 함께 동쪽으로 도망쳤다는 대답을 듣더니 낙담에 빠져 이불을 머리끝까지 뒤집어써버렸다. 동생으로서 신하로서 예의는 다했으므로 기스카르는 퇴실했다. 함께 따라왔던 보두앵이 목소리를 낮추어 속삭였다.

"왕제 전하야말로 진정한 루시타니아의 기둥이시라는 사실을 장병 일동이 뼈에 사무치게 깨달았나이다."

기스카르는 대답하지 않았다. 대답할 필요도 없었다. 이미 왕을 왕으로 보는 자는 이노켄티스 7세뿐이었다. 말없이 스무 걸음 정도 나아갔을 때 기스카르가 입을 열었다.

"나도 뼈에 사무쳤다. 여러 가지 의미로."

별것 아닌 한마디에 거대한 의미가 담겨 있었다. 보두앵은 날카롭게 두 눈을 빛냈으며 입은 웃음의 모양을 지으려 했지만 이를 거두고, 왕제를 침소까지 배웅했다.

두 사람이 걸어간 길고 어두운 복도에는 아무도 없었

다. 벽면의 등불이 살짝 흔들렸다. 바람 흐르는 소리보다도 나직한 목소리가 벽 한구석에서 거품처럼 터졌다.

"……그 나약한 루시타니아 국왕에게 한때의 광열을 불어넣는다고 무슨 의미가 있었단 말인가. 결국 독검이 국왕의 부하 한 명을 죽인 것뿐 아닌가."

"그리 비관할 것도 없지."

"흐음. 구르간 자네는 그렇게 생각하지 않는단 겐가."

"루시타니아의 인심은 완전히 국왕에게서 떠났네. 왕제 기스카르가 찬탈하더라도 이의를 제기하는 자는 없을걸. 그래, 마르얌으로 도망친 대주교 보댕을 제외한다면."

"기스카르가 형왕을 시해할까."

"그렇게까지야 할까. 별실에 유폐하고 스스로 섭정을 칭하지 않겠나. 당분간은."

"파르스 진영에서는 샤오와 왕태자가 병권을 두고 대립하고, 루시타니아에서는 국왕과 왕제가 다투다니. 왕족이란 참으로 비참하군."

"그 비참함이야말로 사왕 자하크 님의 재림에 양식이 되는 걸세. 은가면 놈을 부추겨 일보 직전까지 갔네만, 후후, 유감스러워할 것도 없네. 지상의 인간들은 자신의 덕을 쌓으려고는 하지 않고 욕망이 시키는 대로 사왕님의 재림으로 이어지는 문을 자기 손으로 열어젖히려 하고 있으니……."

　악의에 가득 찬 웃음소리가 밤바람에 섞여 등불을 흔
들고, 그것이 가라앉자 침묵이 먼지처럼 왕궁 복도에
내려앉았다.

제4장 왕자王者 대 패자覇者

I

　투란의 제14대 카간 토크타미시가 기병으로만 10만
대군을 이끌고 파르스 영내로 침공한 것은 6월 10일이
었다. 이 대군이 데마반트 산 동쪽을 남하하였을 바로
그때 히르메스와 기이브가 군열을 발견한 것이다.

　토크타미시는 마흔 살이며 키는 중간보다 약간 큰 정
도였지만 어깨가 넓고 가슴이 두꺼우며 가느다란 두 눈
에서는 바늘 같은 안광이 뿜어져 나왔다. 아군은 듬직
하게 여기며 적은 경계할 것이다.

　원래 토크타미시는 순탄하게 카간이 될 만한 환경에서
자라나지는 않았다. 왕족이라고 해봤자 아버지도 본인

도 첩의 자식이라 왕위계승 순위는 낮았다. 그가 성인이 되었을 때 그와 왕위 사이에는 스무 명이나 되는 사람들이 가로막고 있었다.

그러나 토크타미시는 자신에게 강요된 처지를 호락호락 감수할 만한 자가 아니었다. 현재 상황에 불만이 있다면 스스로 만족할 수 있도록 사태를 개선하면 그만이었다. 필요하다면 힘으로라도.

토크타미시는 우선 무인으로서 실적을 쌓았다. 많은 전투에서 용명을 떨치고, 그렇게 얻은 명성을 토대로 왕궁 내에서 편을 늘렸다. 약탈한 재물도 벗과 부하에게 아낌없이 나누어 주었으며 전사한 부하의 유족에게까지 양을 보내주었다. 계산으로 인심을 장악한 것이지만, 20년에 걸친 노력과 몇 가지 행운이 더해진 결과 그는 초원의 왕좌를 얻을 수 있었다.

일테리시 이하 선발대로부터 짐사 장군이 기병 100기 정도를 이끌고 카간에게 전황을 보고하러 올라왔다. 수지맞는 역할은 아니었다. 근위무사의 안내를 받아 카간에게 간 그는 말에서 내려 전황이 불리함을 보고했다.

"밥값도 못하는 놈들. 달이 차고 기울어지기 전에 파르스 전토를 약탈하고 왕도 사만간으로 돌아오겠다는 큰소리는 어디로 갔느냐. 엑바타나라면 몰라도 페샤와르 같은 변경의 작은 성 하나를 함락시키지 못하다니, 투란 무인의 명예에 흙칠을 하는구나."

토크타미시는 목소리도 표정도 가차 없었다. 파르스 침공 첫날 밤은 노대가 딸린 페샤와르 성의 침실에서 보내리라 생각했던 것이다.

"황송하옵니다. 지농 일테리시 전하를 위시하여 뭇 장수들이 최선을 다해 전투에 임했사오나……."

사자로 온 짐사는 고개를 조아렸다.

"최선을 다해 임한 결과 성 하나 함락하지 못했단 말이냐."

"드릴 말씀이 없나이다."

"파르스군이 그 정도로 강하더냐."

"아닙니다. 결코 강하다고는 생각할 수 없사옵니다."

눈썹을 들고 짐사가 반론했다. 이는 패배자의 허세가 아니었다. 투란군은 파르스군을 두려워하지 않았다. 정면에서 싸운다면 반드시 이기리라 믿는다. 다만 페샤와르의 견고한 성벽을 주체하지 못한 것은 사실이었다.

"성 밖에서는 약탈을 했느냐."

"그것이, 인근 주민들은 대부분 페샤와르 성으로 도망쳐 약탈을 할 것도 별로 많지는 않았사옵니다. 성을 함락하지 않고선 병사들에게 분배해줄 수도 없나이다."

토크타미시는 막대한 재물을 약탈하고 신하들에게 분배해 인망을 얻어야 했다. 통이 큰 주군이라는 평판은 그에게 귀중한 재산이었다.

그 점에서 투란인은 충성심의 기준이 뚜렷했다. 신민을 부유케 해주는 왕이야말로 좋은 군주였다. 입으로만 훌륭한 소리를 해도, 군주의 권위를 내세워도 안 된다. 무능한 군주는 순식간에 지지를 잃는다.

그러한 사정이 있다고는 하지만 왕위에 있는 자는 역시 강하다. 특히 토크타미시는 무능한 신하를 조금도 봐주는 법이 없었다.

토크타미시의 즉위에 반대했던 자는 이미 근절되었다. 적극적인 반대파는 아니었더라도 카간에게 쓸모가 없으리라 간주된 자는 추방되거나 유폐되어 유력한 아군만이 남았다.

투란의 영역은 대륙 북방에 있다. 초원의 북쪽은 광막한 원시림을 지나 사람이 살지 않는 영구동토로 이어진다. 풍토와 기후는 각박하여 몇 년에 한 번씩 한파가 몰아치면 풀은 시들고 양은 죽는다. 무능한 왕과 무능한 신하가 사이좋게 술이나 마실 수 있을 만큼 호락호락한 환경이 아니다.

……한편, 투란의 남진은 파르스만이 아니라 신두라 왕국에도 지극히 곤혹스러운 일이었다. 신두라 라자 라

젠드라 2세는 비명을 지르며 맹우 아르슬란에게 도움을 청해야 했지만 아르슬란이 페샤와르에 귀환한 후로는 국경 동쪽에 포진한 채 적극적으로 움직이려 하질 않았다. 파르스군이 우회하도록 허락했을 뿐 수비만 다지고 있었다. 신두라의 노신老臣 하나가 라자에게 물었다.

"폐하, 감히 여쭙사옵니다. 어찌 페샤와르로 진격하여 파르스군과 합류하지 않으십니까?"

"거 생각 없는 소리 좀 하지 말게."

라젠드라는 중신의 질문을 일언지하에 걷어차버렸다. 사탕수수 술로 목을 축이며 뻔뻔하게 설명했다.

"뭐가 되었건 이건 파르스인들의 문제야. 외국인인 우리가 주제넘게 나섰다간 파르스인들의 긍지에 상처를 주게 된다고. 어디까지나 우리는 파르스군을 뒤에서 도와준 것으로 해야지. 절대 주제넘은 짓을 해선 안 돼."

자신의 이익이 되지 않는 일에는 매우 소극적인 라젠드라였다.

그러한 신두라 라자의 성격을 파르스군에서는 이미 잘 알았으므로 그들의 지원 따위는 전혀 기대도 하지 않았다. 페샤와르 성내에서는 다륜이 벗에게 이웃나라 왕을 품평하고 있었다.

"라자 라젠드라 따위 누가 기대나 하겠나. 이젠 새삼스럽지도 않네만, 자신에게 이익이 되지 않는다면 머리카락 하나 움직이지 않을 분인걸."

"뭐, 그렇기에 오히려 다루기 쉬운 면도 있지."

나르사스의 웃음은 짓궂었다. 라젠드라라는 인물은 하는 짓이 모두 절조가 없어 보이지만 사실 그의 행동은 매우 원칙에 충실했다. 다시 말해, 그 시점에서 최대의 이익을 확보해두면 라젠드라를 자신의 편으로 붙들어놓을 수 있는 것이다.

실제로 나르사스가 자유로이 다룰 수 있는 손패는 매우 적었다. 최대한 유용하게 써먹어야만 했다.

파르스 영내로 쳐들어온 이후 상황이 원활하게 움직여주질 않아 투란군은 조바심을 내고 있었다.

그렇다고 파르스군도 시간이 남아도는 것은 아니다. 국토 해방은 빠르면 빠를수록 좋다. 또한 엑바타나를 점거한 루시타니아군에게 공연히 시간을 줄 수도 없었다. 루시타니아군의 최고책임자인 왕제 기스카르 공작은 매우 유능한 인물이다. 무슨 꿍꿍이를 꾸미고 있을지 주의를 기울여야만 했다.

기스카르는 파르스 샤오 안드라고라스의 포로가 되어 거의 열흘에 걸쳐 고초를 겪었다. 당연히 파르스군을 상대로 모략을 꾸밀 여유 따위 전무했지만 그러한 사정을 파르스군이 알 도리는 없다. 나르사스는 루시타니아군의 움직임이 둔하다는 점에서 성내에 무언가 이변이 발생했으리라는 데까지는 간파했으나 아무리 지모가 뛰어나다 해도 전지전능한 신은 아니다. 나르사스도 엑바타나 성내의 양상을 모두 파악할 수는 없었다.

투란 카간이 직속 군대를 이끌고 페샤와르 성문 앞까지 밀려온 것은 그날 저녁 해가 붉은 성벽을 더욱 짙게 물들였을 무렵이었다.

"투란 왕기가 보여요!"

성벽 꼭대기에서 망을 보던 엘람이 목소리에 긴장을 띠며 보고했다. 성벽 위로 달려가 아르슬란도 확인했다. 저녁 바람에 펄럭이는 태양신 다얀의 깃발. 시야 전체가 피로 물든 듯한 광경 속에서 그 깃발은 마치 흉조 그 자체인 것 같았다. 아르슬란의 왼쪽 어깨에서 아즈라일이 비우호적인 목소리를 냈다.

저녁 해에 빛나는 갑주의 파도를 가르고 한층 호화로운 군장을 갖춘 기마 1기가 성벽 바로 앞까지 다가왔다. 오만한 태도에 파랑기스가 활시위에 화살을 메기려 했으나 아르슬란이 제지했다. 그 기마는 투란 카간임이 명백했으므로 일단 말을 들어보기로 한 것이다.

"짐은 투란 카간 토크타미시다. 많은 말을 할 필요는 없으리라 본다. 그대들이 얌전히 투항하고 성문을 열지 않는다면 전군을 동원해 공격할 뿐이다. 온 성을 피바다로 만들어주마. 기분 좋은 대답을 기다리겠다만 투란인은 성질이 급함을 명심하도록."

토크타미시는 고함을 질러댔지만 아르슬란은 도중에 성 안으로 들어가 상대도 하지 않았다.

"외국인들의 천박한 파르스어를 들으시면 전하의 감수성에 생채기가 난다고."

아르슬란을 물러나게 한 나르사스의 말이었다.

"고함치다 싫증이 나면 투란군도 움직이겠지. 어떻게 움직일지는 대충 예측이 가고."

투란군이라고 언제까지고 소리만 지를 수는 없었다. 저녁에서 밤으로, 붉은색에서 검은색으로 매 순간마다 색이 바뀌어가는 세상에서 투란의 군열은 섬뜩한 압박감을 페샤와르 성벽에 밀어붙이고 있었다.

"놈들의 목적은 결국 약탈일세. 그리고 카간은 약탈한 것들을 공평하게 분배하는 역할이지."

나르사스는 다륜에게 설명했다.

"뭐, 유목민족이란 그런 생각을 하는 법인가 봐. 토크타미시의 입장에서도 기대를 저버릴 수는 없을 테고."

"거참, 단순명료하군."

"건전해서 좋지 않나. 주군이 주군으로서 책임과 의무를 다하지 못하면 신하가 충성을 맹세해야 할 이유 따위 지상 어디에도 없는걸."

"군주가 군주로서 도리를 다하지 못하여도 신하는 신

하로서 도리를 다하라. 그런 말이 세리카에 있었네만."

다륜이 말하자 나르사스는 한껏 비꼬는 미소를 눈과 입가에 머금었다.

"세리카인이나 파르스인은 문명국 사람이거든. 언제나 체면치레를 하려 들지. 그 점에서 투란인들은 정직해. 정직하다고 꼭 좋은 것만은 아니어도."

투란군은 수도 많고 용맹했지만 지구전에는 약했다. 그들에게 대항하려면 우선 견고한 성벽을 내세워 지구전 태세를 보여야 한다. 파르스군의 입장에서는 태세를 보이는 것부터가 그들에게 대응하기 위한 전략의 첫걸음이었다. 투란군의 조바심을 유도해 이쪽의 책략에 넘어오게 해야 한다. 승산이나 이익이 없다고 판단하면 투란군은 언제까지고 침입을 계속하지는 못한다. 자신들의 영역으로 물러나 다음 기회를 기다리리라. 그들이 퇴각한다 한들 사만간까지 추격할 수는 없으며 격멸이 불가능하다는 점에서 실로 성가신 적이다. 그러나 한번 혼쭐을 내준 다음에 파르스 중앙정부가 국내를 제대로 통치하고 국경을 단단히 수비한다면 그들은 침공해오지 않는다. 말하자면 파르스에게 투란은 국가가 얼마나 건전한지를 재는 척도나 마찬가지였다.

"하지만 어서 일찌감치 속세 일을 정리하고 예술의 올바른 길로 돌아가고 싶군."

"이런. 아직도 그런 소리를 하나?"

"예술이 나를 부르고 있네. 나에게는 그 달콤한 목소리가 들려."

"환청이겠지."

흑의기사는 벗의 망상을 한마디로 흘려넘겼다. 파르스 최고의 지장은 불만스레 파르스 최고의 용장을 노려보았으나 입으로는 아무 말도 하지 않았다.

II

이튿날 아침, 투란군은 이동을 개시했다. 여봐란 듯, 페샤와르 성 안에 있는 파르스군의 눈에 뜨이게 움직인다. 파르스군을 유인하려는 술책이 분명했다.

지극히 초보적인 양동작전이라 파르스군은 맘대로 하라는 심정이었다. 그런데 군사 나르사스는 뭇 장수들에게 지시를 내려 언제든 성 밖으로 출격할 수 있도록 준비해두라고 했다. 흑의기사 다륜이 다소 이상하다는 표정으로 말했다.

"투란군이 어떻게 도발하든 당분간은 출전하지 않겠다는 것이 자네 생각인 줄 알았는데."

"그럴까 했네만 조금 생각이 바뀌었네. 우선 투란의 유력한 무장을 한 사람 정도 사로잡고 싶기 때문이야.

그리고 어쩌면 왕태자 전하께서 출전을 주장하실지도 모르고. 그런 일이 일어나지 않는다면 좋겠지만…… 그래야 할 이유가 떠올랐거든. 다시 말해 이런 걸세."

이어지는 나르사스의 설명에 다륜이 고개를 끄덕였다.

"왕이 민중을 정략의 도구로 이용하는 나라는 끝장이지. 전하는 결코 그런 짓을 하지 않으시고. 알았네. 출전 준비를 해두겠네."

이리하여 파르스군의 절반이 출전 준비를 갖추었을 무렵 엘람이 찾아와 보고했다.

"투란군 진영 앞으로 누군가가 끌려나오고 있습니다."

조만간 파르스의 동방국경에는 해방되어 아자트가 된 굴람들의 이주가 개시될 예정이었다. 장래에는 무기를 들려주고 무장농민으로 삼을 예정이었으나 아직 이 시기에는 거기까지 계획이 추진되지 않았다. 투란 침공 때 대부분의 농민은 페샤와르 성내로 도망쳤지만 산지나 근처의 마을로 도망친 사람들도 있었다. 투란군은 이런 자들을 열 명 정도 잡아다 묶어서는 진영 앞에 세워놓았다. 농성하는 군대에게 공성하는 군대가 이따금 사용하는 수단이었다. 왕도 엑바타나를 포위했을 때 루시타니아군도 이 책략을 사용했다. 아군이 보는 앞에서 처형을 자행해 도발과 협박을 하는 것이다. 아르슬란이 말릴 틈도 없이 남녀 열 명을 잇달아 참수하더니 토크타미시는 성벽 위를 향해 조롱 섞인 고함을 질렀다.

"파르스군이여, 성 밖으로 나와라. 나와서 싸워라! 나오지 않는다면 인근 마을을 불태우고 마을 놈들을 모조리 죽이겠다. 단순한 협박이 아님을 이미 알았을 것이다."

"잘 알았소."

"호오, 알았나?"

"말로 해서 알아들을 상대가 아님을 잘 알았소. 기다리시오. 그대를 즉시 선대 카간으로 만들어 줄 테니."

마음만 먹으면 아르슬란도 매우 신랄한 독설을 퍼부을 수 있다. 그리고 이때는 실제로도 완전히 그럴 마음이었다. 성벽을 뛰어내려가 한달음에 말을 타고 출격을 명령했다. 성문이 열렸다. 나르사스가 짐작했던 것은 바로 이런 사태였다. 왕태자는 눈앞에서 죄 없는 사람이 죽는데도 잠자코 보고 있을 성격이 아니었다.

"이리된 이상 이제 어쩔 수 없지. 전하의 직성이 풀리도록 해드리는 수밖에. 다만 다륜, 물러날 시기만은 확실하게 가늠하게."

모든 전투가 계산대로 돌아가지는 않는다는 것을 나르사스는 잘 안다. 때로는 계산이 아닌 감정을 만족시켜야만 할 때도 있다.

한편 투란군은 계산에 따라 기다리고 있었다. 충돌은 무질서해 보였으나 투란의 진형은 눈 깜짝할 사이에 변화해 꿈틀거리며 교묘하게 아르슬란을 아군에게서 떼어 놓고 말았다. 혼전의 피비린내 나는 안개 속에서 아르슬란은 혼자 투란 기사의 도전을 받았다.

"부리가 샛노란 병아리야, 네놈의 이름은 무엇이냐. 인간 말을 할 줄 안다면 어디 재잘거려 보거라."

처음부터 아르슬란을 모욕하고 나섰다.

"파르스의 왕태자 아르슬란이라는 자다. 그러나 굳이 기억할 필요는 없다."

"뭐야, 왕태자라고?"

투란 기사는 눈을 크게 떴다. 놀라움이 가시자 잔인한 기쁨의 표정이 두 눈에 번뜩였다.

"그렇군. 서쪽에서 온 야만족인지 뭔지에게 수도를 빼앗기고 돌아갈 집을 잃은 파르스의 고아란 게 네놈 이야기였나?"

아르슬란은 대답하지 않고 검을 고쳐 들었다. 투란 기사는 사나운 조소를 띠었다.

"집도 없는 떠돌이 고아라니 듣기에도 딱하구나. 사만간에 데리고 돌아가 우리에 넣고 길러주마. 평생 먹이는 부족하지 않을 거다. 얌전히 말에서 내려와 꿇어 엎드리거라. 검을 버리고, 투구를 벗고 말이다."

"예의도 자비도 모르는 적에게 항복할 마음은 없다."

날카로운 분노를 담아 아르슬란은 상대의 매도를 튕겨

냈다. 이주자들을 처형한 것도 그렇고, 아르슬란은 투란인에게 진심으로 화를 내고 있었다.

"건방진 놈!"

말의 배를 걷어차며 투란 기사가 돌진했다. 아르슬란은 맞섰다. 상대의 돌진에 속도를 맞추고 살짝 기수의 각도를 바꾸어 적의 바로 옆을 바람처럼 지나갔다. 지나가면서 검을 왼쪽 아래에서 오른쪽 위로 힘차게 쳐올렸다.

의도는 좋았지만 아르슬란은 여러 명의 적에게 표적이 되고 있었다. 칼끝이 상대의 몸통을 가르기 직전에 다른 방향에서 치고 들어온 검이 아르슬란의 검에 얽혔다. 투박하고 무거운 투란의 검이 파르스의 가느다란 칼날을 부러뜨렸다. 날카로운 금속성이 울려 퍼지고 눈 깜짝할 사이에 아르슬란은 무기를 잃어 두 손이 비고 말았다. 투란의 검 두 자루가 동시에 왕태자의 머리에 떨어지려 했다. 그러나 단말마의 비명은 투란어로 터졌다. 처음에 나타났던 투란 기사가 동료를 단칼에 저 세상으로 보낸 파르스 기사의 모습을 보고 경악했다.

"웬 놈이냐?!"

그 물음에 대답한 사람은 본인이 아니라 파르스의 왕태자였다. 맑게 갠 밤하늘색 눈동자가 희색을 띠었다.

"기이브! 기이브 아닌가! 잘 돌아와 주었네."

"황송하옵니다, 전하. 슬슬 돌아올 시기가 되었나 싶어서 주제넘은 짓을 좀 했지요."

유랑악사는 피에 젖은 검을 손에 든 채 안장 위에서 공손히 고개를 숙였다. 그 모습을 보고 투란 기사가 고함을 쳤다.

"그래? 네놈의 이름은 기이브라 한단 말이지."

"그냥 기이브가 아니야. 앞에다가 '정의와 평화의 사도'를 붙여야지."

"헛소리 마라!"

"마음에 안 드나? 그러면 '미녀에게는 사랑을, 추남에게는 죽음을'이라고 해도 되는데, 그러면 이의 없겠지?"

설전은 일방적으로 중단되었다. 투란 기사는 두 눈과 칼날에 살기를 번뜩이며 말 많은 난입자에게 달려들었다. 강렬한 검세였으나 기이브의 적수는 되지 못했다. 미래의 궁정악사가 교묘하게 손목을 놀리자 투란 기사의 참격은 기이브의 검 위를 흘러가고, 반대로 텅 빈 오른팔 아래에 치명상을 입고 말았다. 날카롭고 짧은 비명을 지르며 투란 기사는 영원히 낙마했다.

왕태자 아르슬란을 호위해 기이브가 페샤와르 성으로 돌아오자 다소 복잡한 색을 띤 환성이 그를 맞이했다.

기이브에 대한 많은 자들의 감정은 둘째 치더라도 그가 왕태자를 구해낸 것은 사실이었다.

전장에서 아르슬란과 떨어졌던 다륜도 병사를 통솔해 못 말리겠다는 표정으로 성에 돌아왔다.

"야전에서는 역시 투란을 얕잡아볼 수 없겠더군. 하마터면 무익한 정도가 아니라 피해만 입는 전투를 할 뻔했어."

나르사스에게 말하고는 살짝 목소리를 낮추었다.

"기이브 덕에 큰 탈 없이 끝났네만, 저 친구는 가장 효과적으로 등장할 때를 노렸던 게 분명하네."

다륜의 감상에 나르사스도 동감이었다. 아르슬란이 위험할 때 달려와 목숨을 구해주다니, 기이브다운 재등장이 아닌가. 또 언젠가 재퇴장하게 되겠지만 이 변덕쟁이 사내는 잠시 왕태자의 곁에서 날개를 쉴 작정인 모양이었다.

기이브는 군사 나르사스에게 마의 산 데마반트에서 경험한 일을 이야기할 생각이었다. 그러나 아름다운 카히나가 성내의 넓은 홀에 서 있는 모습을 발견하자 순식간에 개인사를 우선시했다. 파랑기스를 향해 다가갔을 때 카히나의 곁에 한 남자가 서 있는 것을 알아차렸다. 은회색 갑주를 입고 친근하게 그녀에게 말을 거는 모습이었다.

당연히 기이브는 이를 놓치지 않았다. 우연히 곁에 천기장 바르하이가 있었으므로 목소리를 낮추어 물었다. 바르하이는 기이브에게 적의를 가지지 않은 몇 안 되는 사람 중 하나였다.

　"저 남자는 누군가? 뻔뻔하게 파랑기스 님 곁에 달라붙어 있는 애꾸눈 거한 말이야."

　"쿠바드 경일세. 옛날에 마르즈반으로 다룬 경이나 키슈바드 경과 나란히 칭송을 받던 분이지."

　대답하는 바르하이가 어딘가 모르게 짓궂은 웃음을 띤 이유는 사랑 다툼을 예측했기 때문이리라. 기이브는 남자의 웃음 따위 무시하는 성질이었으므로 쿠바드라는 이름을 듣자 잠시 멈추었던 발을 다시 파랑기스 쪽으로 돌렸다. 철저히 쿠바드를 무시한 채 꿀처럼 달콤한 미소를 지으며 이별 이후 첫 인사를 올렸다.

　"파랑기스 님, 아무리 내가 없는 동안 마음이 공허하셨다 해도 장난으로 남자를 곁에 다가오게 하시면 당신의 존엄에 흠이 가지 않겠습니까?"

　"그대가 없다 하여 왜 내 마음이 공허하겠나?"

　쌀쌀한 대답에 유랑악사는 짐짓 개탄스럽다는 몸짓을 보였다.

　"파랑기스 님은 완벽에 가까운 여성이지만 단 한 가지 결점이 있지요. 자신의 마음에 솔직하지 못하다는 겁니다. 그러나 그 결점에조차 매력이 있으니 그야말로 죄 많은 분이군요."

"죄 많은 거야 자네 입이겠지. 너무 교언영색이 심하니 카히나께서 간지러워서 못살겠다고 하시잖나."

그렇게 이죽거린 것은 쿠바드였으며, 다음 순간 파랑기스의 머리 너머로 세 개의 눈이 적개심의 무지개를 피웠다.

그 광경을 나르사스와 같은 탁자에서 지켜보던 알프리드가 젊은 군사에게 속삭였다.

"저기, 나르사스. 저 세 사람 분위기가 묘해."

"꽃이 한 송이, 꿀벌이 두 마리. 보기 드문 광경도 아니지. 꽃도 꿀벌도 이 경우에는 평범함과는 거리가 멀지만."

"흐응. 그 점에서 나르사스는 귀찮지 않아서 좋겠다. 나 하나뿐이니까."

말을 다 마치기도 전에 엘람이 요란한 소리를 내며 탁자 위에 수프 그릇을 내려놓았다. 국물이 얼굴에 튀어 알프리드가 분연히 외쳤다.

"너 뭐 하는 거야!"

"나르사스 님 방해하지 마, 이 정신 나간 여자야!"

"누가 정신이 나갔다고?! 제 앞가림도 못하는 주제에 입만 살아서는. 말보다 실력이나 갈고닦는 게 어때?"

"너한테 그런 말 들을 이유가 없는데? 너야말로……."

"또 연상의 상대한테 너 너 그런다! 뭐라고 말 좀 해 줘, 나르사스."

젊은 군사도 이젠 방관하고만 있을 수는 없었다.

"음, 그 뭐냐, 파르스인끼리 사이좋게 지내면 어떨까. 평화는 우애에서 생겨난다고 하니."

나르사스답지 않게 독창적이지 못한 설교는 금세 소년 소녀의 반격을 받고 말았다.

"평화는 연장자에게 제대로 예의를 지키는 데서 시작되는 거 아닐까, 나르사스."

"나르사스 님, 평화란 건 억지로 강요하는 것이 아니라고 생각합니다. 애초에 마음의 정적이 없는 평화란……."

"뭔데!"

"뭐가!"

둘이 서로를 노려보고 시선의 불꽃 밑에서 젊은 군사가 한숨을 쉬었을 때 홀 문이 활짝 열리더니 흑의기사가 늘씬한 몸을 드러냈다. 왕태자에게 인사를 올리고 똑바로 나르사스에게 다가왔다.

"이봐, 천재 화가. 아무래도 투란군은 우리보다 부지런한 모양이야. 밤인데도 전군이 나란히 성문으로 몰려왔는걸."

"저런, 그거 큰일이군. 이런 곳에서 느긋하게 굴 때가 아니겠어."

매우 신이 나서 나르사스는 식탁을 떴다. 다륜과 어깨를 나란히 하고 냉큼 밖으로 나가는 군사에게 엘람과 알프리드는 얼굴을 마주한 다음, 본의 아닌 휴전을 맺고 그의 뒤를 쫓아 달려갔다.

III

투란군은 조금 전의 전투에서 아르슬란을 잡거나 죽이지 못해 매우 분했다. 그러나 동시에 야전에서라면 지지 않는다는 자신감도 새로이 다졌다. 이렇게 됐으니 쉴 새 없는 파상공세를 펼쳐 파르스군을 지치게 만들자는 생각이었다.

출격한 다륜은 화살을 피해 안장에 엎드려 있다가 정확한 순간을 가늠해 장창을 비스듬히 위로 내질렀다. 은색 칼날이 돌진하는 적병의 턱 바로 아래를 꿰뚫었다. 짧은 비명과 긴 유혈의 꼬리를 끌며 적병이 질주하는 말등에서 떨어졌다.

그것이 시작이었다. 재빨리 창을 낚아챈 다륜은 옆에서 달려드는 검을 튕겨내더니 지체하지 않고 찌르기를 날렸다. 기수를 잃은 투란의 말이 미친 듯이 뛰어갔다.

다륜이 달려가는 곳에는 투란 병사가 지르는 단말마의 비명이 밤공기를 갈랐고 그들의 갑주와 마구는 모두 그들 자신의 피로 물들었다.

"나르사스가 투란의 유력한 장수를 사로잡아달라고 그랬는데, 아무래도 졸개들밖에 안 나오는군."

단순한 병사들을 상대로 용맹을 떨쳐봤자 필요 이상의 살육을 저지르는 것 같아 다륜은 영 싱거웠다. 얼마 전의 지농 일테리시에 필적하는 강적을 찾아보았지만, 그날 밤 흑의기사는 그러한 상대를 찾아내는 행운은 얻지 못했다. 이윽고 다륜은 성문 앞으로 되돌아가 피에 물든 장창을 안장머리에 걸고, 성으로 돌아오는 아군의 길을 확보하는 역할을 자청했다.

투란군의 주요 장군들 가운데 짐사는 지농 일테리시와 함께 가장 젊다. 약간 체구가 작고 동안이라 아직 스무 살도 안 된 것 아니냐고 착각하는 사람들도 있다. 그러나 투란군에서 가장 용감하고 기민한 무장 중 한 명이며 매우 위험한 무기의 달인이기도 했다.

그것은 바람총이었다. 짐사는 독을 바른 단침을 쏘아 하늘을 나는 새도 맞춰 떨어뜨린 적이 있다고 한다. 검이나 창도 물론 쓸 수 있다. 말을 두 다리만으로 몰며 오른손에 검을, 왼손에 바람총을 들고 짐사가 적진을 돌파하면 그의 뒤에는 두 종류의 시체가 남는다고 소문이 자자했다.

이날 밤 파르스군은 그 소문을 자신들의 목숨과 맞바꾸어 입증하게 되었다. 짐사에게 달려들었던 파르스 병사가 잇달아 허공을 박차며 낙마했다.

"사술을 쓰는 놈!"

좌우에서 동시에 두 명의 파르스 기사가 짐사를 향해 검을 들고 달려갔다. 그러나 마찬가지로 동시에 말 위에서 몸을 젖히고 피와 비명을 뿜으며 떨어졌다. 한 사람은 바람총에 한쪽 눈을 맞고 또 한 사람은 검에 목을 베였다. 파르스군 진영에서 놀라움의 함성이 터졌다.

어지간한 기사로는 상대가 되지 않음을 알고 파르스군의 자라반트가 돌진했다. 3, 4합 잇달아 검을 맞부딪치자 짐사는 기수를 돌려 달아났다. 자라반트가 맹렬히 추격하고 강렬한 참격을 퍼붓자 짐사는 말 위에서 몸을 숙여 칼날이 허공을 가르게 만들더니 뒤로 돌며 바람총을 날렸다. 자라반트의 오른쪽 눈을 노렸지만 자라반트는 창졸간에 오른팔로 바람총을 받아냈다. 그 순간 격통이 오른팔에 마비감을 주어 그는 검을 떨어뜨렸다.

의외의 무기에 부상을 입은 자라반트는 간신히 성문까지 돌아오기는 했지만 그곳에서 힘이 다해 낙마하고 말았다. 바람총의 독이 몸에 퍼져 고열을 일으켰던 것이다. 다륜이 추격병을 장창으로 쓸어버리지 않았다면 자라반트는 투란 병사에게 베였을 것이다.

자라반트 중상 소식이 파르스 전군에 전해지자 파르스군은 한편으로는 전율하고 한편으로는 적의에 불탔다.

한편 짐사는 파르스의 유력한 장군에게 부상을 입혔으므로 어깨가 으쓱해졌다. 자신의 무훈을 위해, 또한 이제까지 좋은 성과를 거두지 못했던 투란군의 명예를 회복하기 위해 짧은 휴식을 취한 후 다시 병사를 이끌고 페샤와르 성새로 쳐들어왔다. 그리고는 이미 성 밖에 나와 있었던 파르스군과 충돌해 격렬하게 맞부딪쳤다.

전장을 질주하면서 짐사는 파르스 무장 한 명과 스쳐 지나갔다. 왼쪽 눈이 한 줄기 상처에 없어진, 날래고 용맹해 보이는 장한이었다. 그는 짐사를 보자 말없이 잿빛 돈점박이 준마를 몰아 달려들었다. 그의 대검은 이미 칼자루까지 피에 젖었다. 강적이라 판단한 짐사는 일단 형식적으로 검을 들어 맞서 싸웠다. 겨우 두세 합 상대한 후 기수를 돌려 달아나려 했다.

그 순간 재빨리 튀어나온 쿠바드의 왼손이 짐사의 갑주 허리띠를 붙잡고 있었다. 놀라울 만한 속도였으며 놀라울 만한 악력이었다. 무슨 짓이냐고 외치기도 전에 허리띠를 붙잡힌 짐사의 몸은 힘껏 공중으로 날아갔다.

짐사는 호를 그리며 바닥에 떨어졌다. 풀 위에서 한 번 튀었다가 다시 두세 차례 굴러가서야 겨우 일어날 수 있었다. 그때 말을 몰아 달려온 이스판이 검을 내리쳤다. 불꽃이 튀고 갑주 위에 강타를 맞은 짐사는 비틀거리며 바닥에 얼굴부터 쓰러졌다.

말에서 체중이 없는 사람처럼 뛰어내린 이스판이 마지막 일격을 내지르려 했을 때 쿠바드가 이를 제지했다.

짐사는 페샤와르에 입성했다. 승자로서가 아니라 포로로서. 가죽끈에 꽁꽁 묶인 그는 전투가 일단락된 후 홀로 연행되어 항복하도록 아르슬란의 권유를 받았다.

그러나 짐사는 고개를 끄덕이지 않았다. 두려워하지도 않고 결연히 가슴을 젖히며 큰소리를 쳤다.

"투란인은 투란 카간 외의 사람에게 절대 무릎을 꿇지 않는다. 하물며 나보다 뛰어난 용사라면 모를까, 미숙한 애송이 따위에게 항복하겠느냐."

이 무례한 말은 투란어로 한 것이었으므로 나르사스가 쓴웃음을 지으며 통역해주었다.

미숙한 애송이라 욕을 먹은 아르슬란은 눈을 깜빡인 다음 나르사스를 따라하듯 쓴웃음을 지었다. 실제로 자신은 애송이임을 자각하고 있었으므로 화가 나진 않았다.

"거기 서 있는 파르스의 애송이도 머잖아 투란군에 사로잡혀 우리의 카간 앞에 끌려나갈 것이다. 그렇게 되었을 때도 네놈들은 숙적이었던 원한을 잊고 투란의 카간을 섬기라 충고할 생각이냐?"

"이놈이 가만 놔두었더니 아주 망발이구나!"

'파르하딘(늑대가 키운 자)'이라는 별명을 가진 이스판이 장검을 뽑았다. 장수들의 대열에서 튀어나와 무례하기 그지없는 포로의 입을 영원히 막아버리고자 검을 쳐들었다. 이를 제지한 것은 나르사스의 목소리였다.

"전하의 뜻일세. 죽여서는 안 되네."

"그러나 군사님, 이놈도 이렇게 두려움 없이 망발을 지껄인 이상 항복할 마음은 전혀 없을 것입니다. 살려두면 훗날의 화근이 될 테니 베어서 좋은 무덤에 묻어주는 게 이놈 자신을 위한 길이 아니겠습니까."

"서두르지 말게. 죽이는 거야 언제든 할 수 있지 않나. 전하, 잠시 괜찮으시겠습니까?"

나르사스가 아르슬란을 쳐다보자 군사를 신뢰하는 왕태자는 미소를 지으며 고개를 끄덕였다. 이러면 이스판도 검을 거둘 수밖에 없었다. 중상을 입은 자라반트가 다행히 사혈瀉血과 투약으로 목숨을 건진 덕이기도 했다.

이리하여 투란의 용장 짐사는 페샤와르 성 지하감옥에 투옥되었다. 가죽끈에 묶이기는 했지만 이 정도라면 풀수 있겠다고 생각한 짐사는 탈주하기로 결심했다.

사실은 짐사가 탈주하지 않으면 난처해지는 인물이 있

었다. 파르스군사 나르사스였다.

"우선 어떤 잔꾀를 부리는지 좀 보도록 할까?"

젊은 군사는 위기감도 없는 느긋한 어조로 그렇게 말했을 뿐이었다. 다륜도 키슈바드도 싱긋 웃어 군사에 대한 신뢰를 드러냈다. 이제까지 파르스군은 투란군의 공세를 받아내는 형식이었으며 사태의 추이에 따라오기만 했으나, 슬슬 이쪽에서 공세에 나설 시기가 된 것이다. 그리고 짐사는 여기에 반드시 필요한 인물이었다.

페샤와르 성은 함락되지 않고 짐사는 사로잡혀, 아무리 강경하던 토크타미시라 해도 다소 기분이 무거워졌다. 페샤와르 성에 대한 공세도 늦춘 채 다음에는 어떻게 나갈지를 정하지 못하고 있었다. 그런데 하루 낮 하루 밤이 지나 포로가 되었던 짐사가 흙투성이로 진지에 귀환했다.

"지하감옥에 사로잡혀 조만간 처형당할 줄 알았사오나, 빈틈을 보아 말을 훔쳐 탈주했습니다."

토크타미시와 대면한 짐사는 그렇게 보고했다. 그는 파르스군의 기밀을 가지고 돌아왔다. 파르스인들은 짐사가 파르스어를 알아듣지 못하는 야만족이라 우습게보고, 항복을 권할 때도 투란어로 말했다. 짐사도 투란어

밖에 쓰지 않았으므로 마음을 푹 놓은 파르스인들은 파르스어로 군사기밀을 이야기했던 것이다. 사실 짐사는 파르스어를 말할 수도 알아들을 수도 있었다.

"우선 보고드리겠나이다. 페샤와르 성내의 파르스군은 다가오는 신월 밤을 기해 성 밖에 있는 10만의 우군과 합류할 예정이라 하옵니다."

"뭐야? 파르스에 아직도 그만한 병력이 더 있었단 말이냐?"

"그렇사옵니다. 이제까지 왕태자에게 가담하기를 망설였던 남부 지방의 제후와 토호들이 마침내 결심을 하고 왕태자에게 달려왔다고 들었나이다."

토크타미시가 신음했다.

"그 토호란 놈들은 왜 이제까지 왕태자에게 가담하기를 망설였다더냐?"

"왕태자의 향후 정책에 불안과 불만을 품었기 때문이옵니다."

짐사는 설명했다. 왕태자 아르슬란은 300년에 걸쳐 이어져왔던 파르스의 사회제도를 크게 바꾸려 한다. 굴람제도 폐지령을 발령하고 인신매매를 금지하고 모든 국민을 아자트로 삼겠다는 것이다. 이는 실제로 굴람을 소유한 제후들에게 큰 불이익이 된다. 그렇기에 제후들은 왕태자에게 가담하여 국토를 회복하더라도 언젠가 노예를 해방해줘야 하니 결국은 손해를 본다. 그래서 왕태자의 편을 들지 말지 망설였으나, 아무래도 안드라고라스 왕은 살아날 가망이 없는 모양이었다. 또한 왕태자도 자신을 도와준 제후에게는 굴람 소유를 인정하겠다고 말했다. 그래서 제후들도 마침내 결심하고 온 병력을 긁어모아 왕태자에게 모이기로 했다는 것이다……

"그 수는 10만. 이미 페샤와르 남서쪽 20파르상(약 100킬로미터) 거리에 와 있다고 파르스인들이 득의양양하게 떠들었사옵니다. 한시라도 빨리 대책을 마련해야 할 줄로 아옵니다."

말을 마치고 다시 고개를 숙인 짐사에게 토크타미시가 물었다.

"잘 알았다. 그런데 왕태자 아르슬란은 아직 열네댓 살밖에 안 되었다던데, 그 나이로 일국의 제후와 토호들을 거의 다스리다니, 큰 그릇의 소유자라 봐도 되겠느냐?"

"아닙니다. 주제넘은 말씀이오나 그것은 과대평가가 아닐는지요. 아르슬란이라는 소년은 보기에도 나약하고 무능하여 측근들에게 마음대로 조종당하는 듯하였사옵니다. 도저히 일국을 통치할 그릇이라고는 여겨지지 않았나이다."

"흠. 그렇다면 안드라고라스가 죽은 후에 파르스는 국

가로서 존재하기도 힘들지 모르겠군.”

“그렇사옵니다.”

짐사에게는 아르슬란의 진가를 알 만한 기회가 주어지지 않았다. 표면만을 보면 분명 아르슬란은 눈에 뜨이는 존재가 아니었으며 장식으로밖에 여겨지지 않으리라.

아무튼 짐사의 보고는 투란 카간 토크타미시를 기쁘게 했다.

“잘했다, 짐사. 그대가 목숨을 걸고 알려주지 않았다면 우리 군은 페샤와르 성 안팎에서 협공을 당해 곤경에 빠질 뻔했구나. 아주 잘 해주었다.”

그렇게 한바탕 칭찬을 하고 토크타미시는 은상을 내렸다. 투란답게 즉물적인, 그리고 실질적인 보상이었다. 몸종이 소가죽을 펼치고 커다란 상자를 가져오자 그 안에 가득 찬 금화를 짐사에게 집어 가져가게 하였다.

투란은 자신들의 국가에서 화폐를 주조한 적이 없다. 상자에 가득한 금화도 파르스, 세리카, 마르얌 같은 여러 국가에서 약탈하거나 교역 대금으로 받은 것들이었다. 여러 나라의 금화를 짐사에게 주고 토크타미시는 다시 배포 좋게 말했다.

“전쟁에 승리한 다음에 우리 군은 투란 본토로 돌아가겠지만 페샤와르 성은 점령해둘 생각이다. 대륙공로의 요충지이니 파르스와 신두라 두 나라를 견제하며 우리나라의 최남단을 수호할 것이다. 그 성주는 짐사, 그대에게 맡길까 하노라. 더욱 충성을 다하며 힘쓰도록 하라."

짐사는 감격했고 제후들은 그의 팔자를 부러워했다. 페샤와르 성주라면 대륙공로를 왕래하는 카라반으로부터 통행세를 거두어, 그 일부를 자신의 주머니에 챙길 수 있는 특권이 공인된다. 짐사는 엄청난 부귀를 얻은 것이다. 물론 우선 페샤와르 성을 함락시키지 않는다면 아무리 고마운 은총이라 해도 공중누각일 뿐이지만.

서둘러 군사회의가 열렸다. 투란 전군을 둘로 나누어 제후군을 앞뒤에서 협공해 섬멸한다. 그리고 어둠을 틈타 제후군을 가장하여 페샤와르 성문을 열게 한 다음 쳐들어가 단숨에 성내를 소탕한다는 책략이 채용되었다.

"만일 전투에 늦게 달려오기라도 한다면 폐하의 진노를 사게 될 거다. 서둘러라. 파르스군을 격멸할 영광은 우리 것이다."

지농 일테리시, 맹장 타르칸을 비롯한 선발부대 장군들은 특히 기세등등하여 군을 움직이기 시작했다.

"짐사 한 녀석에게만 영예와 부귀를 독점하게 만들 수는 없지. 페샤와르 성주 지위는 내가 받겠다."

거창하게 말하자면 투란 전군이 공을 세울 욕심에 눈빛이 바뀌었다. 파르스의 거리단위로 1파르상 정도 움직이자 기마대의 말발굽 자국이며 바로 얼마 전에 숙영

했던 흔적 같은 것들이 발견되어, 정말로 파르스의 대부대가 이동한 것이 확실하다고 여겨졌다.

사실 투란군은 파르스의 군사 나르사스의 손바닥 위에서 계속 놀아나고 있었다. 그럴듯하게 숙영 흔적을 만들어놓았던 것은 투스가 이끄는 소규모 부대였다. 그는 미리 나르사스의 지시를 받아 페샤와르 성에 재입성하지 않은 채, 이날 밤을 위해 바쁘게 투란군을 빠뜨릴 함정을 만들어놓았던 것이다.

이리하여 신월 밤, 동쪽과 서쪽에서 가공의 파르스군을 향해 쇄도한 투란군은 어둠 속에서 정면으로 격돌했다.

적개심에 불타는 용감한 군대끼리, 미리 예기했던 전장에서 맞부딪친 것이다. 투란인이 밤눈이 밝다 해도 한도가 있고, 상대는 가증스러운 파르스군이라 믿어 의심치 않았다. 이리하여 대륙공로 인근 역사상 가장 처참한 아군간의 전투가 전개되었다.

IV

검과 검이 오가고 사람과 사람, 말과 말이 격렬히 맞부딪쳤다. 서로가 서로를 적이라 생각했다. 공명심과 적개심이 투란인들을 들끓게 했다. 그리고 한번 피가 흐르면 그것이 마주처럼 인간을 취하게 만든다. 취기에 몸을 맡기고 투란 병사들은 열광적으로 죽여댔다. 검으로 베고 창으로 찌르고 도끼로 가르고 말발굽으로 짓밟으며 싸워댔다.

"잠깐, 뭔가 이상한데."

지농 일테리시가 고개를 갸웃했다. 그의 검도 갑주도 엄청난 양의 피에 물들었다. 무용을 발휘해 일테리시는 수많은 적을 베어 쓰러뜨렸으나, 달려드는 적들이 투란어를 말하는 것 같았다. 싸우면서 의혹이 점점 짙어지고, 마침내 일테리시는 검을 거두면서 외쳤다.

"뭔가 수상하다! 모두 진중히 행동하라!"

그와 거의 동시였다.

"중지! 전투 중지! 아군끼리 싸우고 있다. 파르스의 간계에 말려들었다!"

"검을 거두어라! 진정하라! 상대는 아군이다!"

어둠과 피에 덧칠된 전장 곳곳에서 부하를 제지하는 목소리가 터졌다. 그 목소리가 미친 듯이 무기를 휘두르던 병사들을 차츰 유혈의 취기에서 깨워주었다. 검과 창 울리는 소리가 가라앉고, 서로 이름을 대며 아군끼리 소재를 확인했다. 망연자실이 지나가자 격분이 그 자리를 대체했다.

"이놈들, 파르스 놈들, 악랄하구나!"

몸을 떨며 분노해봤자 계략에 빠진 자신들을 스스로

비웃는 것과 마찬가지다. 나르사스의 책략에 놀아난 투란군은 하룻밤 동안 5천 명의 사망자와 1만 2천 명의 부상자를 냈다. 심지어, 당연하게도, 파르스군에는 한 명의 손실도 없었다.

"대체 누가 이런 책략을 생각했단 말이냐. 파르스군에는 터무니없는 여우가 있구나!"

"아마도 나르사스인가 하는 자일 것이옵니다."

카간의 노성에 카를룩이 대답했다. 투란 왕국의 무장들 중에서 가장 타국의 사정에 밝은 자였다. 뺨에서 피를 흘리는 이유는 혼전 속에서 동료 장군 디자불로스의 검에 다쳤기 때문이었다. 디자불로스도 카를룩의 창에 왼팔을 부상당했다. 두 사람 모두 풀 길 없는 분노로 눈에 핏발을 세웠다. 카를룩은 나르사스라는 책사가 방심할 수 없는 인물임을 왕에게 밝혔다. 4년 전, 파르스의 동방국경에서 쳐들어갔던 3개국 연합군을 분열시켜 몰아냈던 것도 나르사스였다고.

이틀만 일찍 그 사실을 깨달았더라면 오늘 밤의 참상은 없었을 테지만 카를룩도 공을 세울 욕심에 함정의 위험을 알아차리지 못했던 것이다.

"좋아, 그 나르사스인지 뭔지 하는 책사 놈은 언젠가 아르슬란과 함께 산 채로 불태워 죽여주마. 그러나 그 전에 벌을 내려야 할 간적奸賊이 있다."

한바탕 이를 갈았던 토크타미시는 몸을 떨며 노성을 질렀다.

"짐사를 불러라! 그 뻔뻔한 배신자를! 놈의 간언에 놀아나 눈 뜨고 부하를 죽게 만든 짐의 어리석음이 후회되는구나. 짐사 이놈, 나르사스인지 하는 놈에게 농락당해 국가와 왕을 배신한 것이 틀림없다!"

나르사스는 알고 있다. 짐사가 무고하다는 사실을. 짐사는 나르사스의 책략에 빠져 그가 연주하는 노래에 맞춰 춤을 추었을 뿐이다. 그러나 물론 나르사스는 짐사를 변호하기 위해 투란 진영에 어슬렁어슬렁 찾아오거나 하지는 않았다. 짐사의 무고함을 아는 이는 짐사 본인뿐이었다.

본진으로 불려나온 짐사는 이미 자신이 함정에 빠졌음을 깨달았으나, 그렇게 말해봤자 분노에 미쳐 날뛰는 카간이나 여러 장수들을 달래기란 불가능했다. 어쨌든 그가 가져온 거짓 정보에 투란군이 큰 피해를 입은 것은 사실이었다. 카간과 장수들에게는 눈앞에 있는 짐사 이외에는 분노를 향할 상대가 없었다.

이제는 변명의 여지가 없음을 짐사는 깨달았다. 이대로 가다간 파르스와 내통한 배반자로 처단당하고 만다. 죽음은 두렵지 않지만 오명을 쓴 채 주살당하는 것은 견딜 수 없었다.

짐사는 느닷없이 몸을 돌렸다. 일단은 이 자리에서 도망치고 훗날 자신의 결백을 증명할 수밖에 없을 것 같았다.

"정체를 드러냈구나, 이 어리석은 놈!"

칼바람이 짓쳐들었다. 지농 일테리시의 무시무시한 참격이었다. 간신히 피하고 두 번째 공격을 튕겨낸 짐사는 말에 뛰어올랐다. 그는 투란군에서도 손꼽히는 기수였다. 금세 한밤의 강풍처럼 카간 본진에서 멀어져갔다.

"놓치지 마라! 활로 쏴라!"

카를룩이 궁전병에게 명령하자 이에 따라 수백 가닥의 활시위가 울었다. 화살은 분류가 되어 밤의 어두운 화폭을 갈랐으나 도망자를 쓰러뜨렸는지 어땠는지는 알 수 없었다.

갑자기 깜짝 놀라 투란인들은 얼굴을 마주 보았다.

밤의 어둠 밑바닥에서 무언가가 솟아나더니 투란 진영을 향해 저벅저벅 다가오는 것 같았다. 맑게 갠 하늘에 번개구름이 몰려드는 듯 섬뜩했다. 역전의 장수들은 피부에 스멀스멀 소름이 돋는 것을 느꼈다. 의심할 여지가 없는 감각이었다.

"……파르스군이다!"

터져나온 목소리는 비명 그 자체였다. 사방의 어둠이

순식간에 모두 적이 되었다.

"야샤스인(전군돌격)!"

외마디 파르스어와 함께 소리를 내며 화살비가 쏟아졌다.

"악랄한 것들!"

다시 토크타미시가 외쳤다. 패배자의 한 마디일 뿐이었지만 심각하기 그지없는 한 마디였다.

파르스군의, 다시 말해 나르사스의 작전은 지극히 신랄했다. 우선 투란군과 투란군을 맞부딪치게 해 서로 싸우고 죽이게 만든다. 이 사실을 알아차린 투란군은 아연실색한다. 강렬한 적개심이 수그러들고 기력이 빠져나가면 그날 밤 안으로 다시 한 번 죽음을 각오하고 싸울 의지는 사라지고 만다. 긴장의 끈이 끊어진 바로 그 한순간을 노려서 상처 하나 없는 파르스군이 쇄도했던 것이다.

"나르사스라는 놈은 악마인가?"

토크타미시 왕의 신음소리를 젊디젊은 노성이 압도했다. 지농 일테리시가 아직까지 칼집에 거두지 않았던 검으로 밤공기를 베어버렸던 것이다.

"설령 사람이든 악마든 함정에 빠져 수수방관만 해서는 죽을 뿐이다. 함정을 물어뜯는 것 외에는 살아남을 길이 없다. 장수들이여, 검을 들고 죽을 각오로 싸워라!"

넋이 나갔던 투란 장군들은 그 강렬한 질타 덕에 흠칫 정신을 차렸다. 카간의 면전에서 지농 일테리시가 월권 행위를 저지른 셈이지만 아무도 나무라지는 않았다.

거짓 전장은 순식간에 진짜 전장으로 바뀌었다. 파르스어와 투란어가 뒤섞여 오가고 피 냄새가 짙은 안개가 되어 피어났다. 겹겹이 쳐진 포위망을 돌파하고자 부대 선두에 선 장군 보일라는 검을 휘둘렀으나 파르스의 '타히르' 키슈바드와 정면으로 맞부딪치게 되었다.

"네놈과는 지난번에 검을 마주했으면서도 승부를 내지 못했지. 오늘 밤에야말로 그 시건방진 쌍검을 부러뜨려주마!"

노성을 지르며 보일라가 짓쳐들어갔다. 베고 튕겨나고 검을 얽기를 십여 합. 마침내 승부가 났다. 보일라가 바라지 않는 형태로. 투란군에서 손꼽히는 용사도 키슈바드의 검술에는 당해내지 못했던 것이다. 쌍검의 검광을 왼쪽 목덜미에 받아 보일라는 피를 뿜으며 안장에서 떨어졌다.

주장을 잃은 보일라의 부대는 흐트러졌다. 키슈바드는 병사들을 불러다 스스로 진두에 서서 돌입했다.

적진에서도 키슈바드의 돌진 속도는 전혀 떨어지지 않았다. 두 손의 검이 지상의 반달처럼 번뜩여 좌우의 투란 병사를 베어댔다. 낙마하는 사망자의 손에 들린 검의 광채는 유성의 빛이 떨어지는 것처럼 보였다.

피 냄새가 극심했지만 밤의 어둠이 장막이 되어 지상의 지옥을 가려주었다. 투란군은 검에 밀리고 창에 무너져, 여느 때의 용기도 사기도 내팽개치고 어두운 평원에서 이리저리 도망쳐 다녔다.

"이대로 끝낼 수는 없다. 하다못해 왕태자 아르슬란 놈의 목 정도는 베어버리지 않고선 들끓는 뱃속을 진정시킬 수가 없다."

지농 일테리시는 두 눈에 살기를 머금었다. 이렇게 일방적으로 당하기만 하고 끝나는 싸움은 그의 전력을 통틀어 처음 있는 일이었다. 그는 퇴로를 열려 하지 않고 오히려 적극적으로 압도적인 적과 싸우려 했다.

"아르슬란! 나오너라, 어디 있느냐?!"

노성을 지르고, 베어버리고, 내지르고, 쳐낸다. 파르스의 강병도 젊은 지농의 맹진격을 막아낼 수는 없었다. 피와 비명의 소용돌이를 꿰뚫고 일테리시는 아르슬란의 모습을 찾아 헤맸다. 그러나 싸움 한복판에서 맞닥뜨린 디자불로스 장군에게 도망쳐서 재기를 꾀하자는 충고를 받아 이를 갈면서도 전장을 이탈했다.

투란 병사들 중에는 검과 창이 아닌 화살에 죽거나 다친 자도 많았다. 도통 강한 적수를 만나지 못했던 쿠바드는 하늘색 천을 머리에 감은 소녀가 밤의 어둠도 아랑

곳 않고 멀리서 화살로 투란 병사를 퍽퍽 안장에서 쏘아 거꾸러뜨리는 모습을 보았다. 그 소녀, 다시 말해 알프리드는 말을 몰아 다가오는 거한을 보고 살짝 웃었다. 파랑기스를 둘러싸고 기이브와 다투던 사람임을 알아본 것이다.

"제법 활을 잘 쓰는군."

솔직한 칭찬에 솔직한 자랑이 돌아왔다.

"당연하지. 난 조트족 여자인걸. 요리 솜씨보다 활 솜씨가 더 좋을 정도야. 자랑은 아니지만."

"조트족?"

쿠바드는 고개를 갸웃하더니, 냉큼 기수를 돌리려 하던 소녀를 불러 세웠다.

"이봐, 잠깐만. 네가 조트족 사람이라면 선대 족장 아들이고 메르레인이라는 젊은 친구 혹시 모르나?"

알프리드는 말을 멈추었다. 별빛이 당혹감과 놀라움 섞인 표정을 충분히는 비추어주지 못했다.

"어떻게 우리 오빠를 알아? 어디서 만났어?"

"호오, 남매로군. 그러고 보니 좀 닮기도 했는걸."

되는 대로 가져다 붙인 감상이었다. 어쨌든 많은 말을 나눌 여유는 없었다. 아직 싸움이 한창이다. 쿠바드는 말의 목을 한 차례 두드려주었다.

"메르레인은 사랑하는 여동생을 찾고 있던걸. 널 위해

족장 자리를 비워놓았다던데."

"족자앙?! 싫어. 난 족장 같은 거 하기 싫은데."

알프리드가 고함을 지르고 싶은 이유는 따로 있다. 그러나 소녀는 굳이 이를 입에 담지 않았다. 애꾸눈 사내와 소녀는 어쩌다 보니 말을 나란히 몰며 밤의 전장을 누비고 있었다.

한편 투란 카간 토크타미시는 파르스군의 쇠고리 같은 포위망을 돌파하지 못한 채 사방에서 날아드는 도검과 창의 숲 속에 있었다. 위병의 숫자도 십여 명까지 줄어 버렸다. 이때 포위망 한쪽을 무너뜨리며 타르칸이 달려왔다.

"카간 폐하, 도망치시옵소서! 이곳은 저 타르칸이 막겠나이다."

그렇게 외친 맹장의 온몸은 붉은 비를 뒤집어쓴 것 같았다. 대검의 날도 여기저기 빠졌으며 검붉은 피가 칼자루까지 흘러내렸다. 카간은 신음하듯 미안하다는 한마디를 입에 담았다. 피투성이 얼굴로 웃더니 타르칸은 이젠 쓸모가 없어진 대검을 버렸다. 손을 내밀어 카간의 칼집에서 검을 뽑아 들었다.

"검만 빌리겠나이다."

그 검의 옆면으로 카간이 탄 말의 엉덩이를 두드렸다. 펄쩍 뛰어오른 말이 달려나가는 모습을 한순간 지켜보고 다시 적을 향했다.

"나의 이름은 타르칸. 투란 왕국 최고의 호걸을 자부하는 몸이다. 실력에 자신이 있는 자는 나를 베어 공을 세워보거라!"

울부짖듯 이름을 댄 타르칸은 말의 배를 걷어차 들끓는 적진 안으로 쳐들어갔다. 퍽 하는 기묘한 소리를 내며 파르스 병사가 말 위에서 날아갔다. 피 섞인 바람이 풀을 두드렸다. 죽음을 각오한 타르칸의 맹용은 무시무시했다. 아무리 용감한 파르스 병사라 해도 움츠러들어, 검광이 번뜩일 때마다 죽음을 뿌려대는 투란인의 대검에서 도망치려 했다.

갑자기 타르칸의 눈앞에 밤보다도 새까만 1기의 기마가 뛰어들었다. 밤바람에 펄럭이는 망토가 타르칸 못지않은 피 냄새를 뿌리고 있었다.

"투란 왕국의 타르칸 경이시오?"

"그렇다. 그대는 누구인가."

"파르스의 다륜이 한 수 배우겠소. 상대를 부탁드리오."

타르칸이 눈을 크게 떴다.

"오, 4년 전에 지농 일테리시의 아버지를 쓰러뜨린 흑의기사로군."

"기억해주시니 영광이오."

"나야말로 영광일세. 간다!"

파르스어로 응수가 끝나자 두 영웅은 동시에 말을 몰아 검을 번뜩였다. 이 정도로 걸출한 두 전사가 정정당당하게 맞서기에 최적의 무대라고는 할 수 없었다. 지나치게 어두웠으며, 주위에 있는 것은 구경꾼이 아니라 그들 못지않게 필사적으로 싸우는 자들과 도망치는 자들의 무리였다.

불꽃과 칼 우는 소리가 잇달아 이어졌다. 타르칸의 투구가 튀어 허공으로 날아갔다. 다륜의 흉갑에 균열이 일어났다. 어둠 탓에 적수의 참격을 완전히 피하기가 어려웠다. 대체 몇십 합을 겨루었을까. 혼전 속에서 말이 한데 부딪치고 안장이 충돌했다. 타르칸이 지근거리에서 내지른 검이 다륜의 왼쪽 어깨를 스쳤다. 두 사람의 몸이 기세 좋게 부딪치면서 균형을 잃은 그들은 어두운 말 위에서 어두운 지상으로 떨어졌다. 떨어지고도 싸움은 이어졌다. 서로의 오른손을 왼손으로 붙들고 풀과 자갈 위를 두 바퀴 세 바퀴 굴렀다. 격렬한 숨결이 자신의 것인지 남의 것인지 판단할 수 없었다. 그러나 혼신의 힘을 담은 다륜은 오른손을 뿌리치더니 검을 상대의 목에 내리꽂았다. 나직한 신음소리와 함께 뜨뜻한 피가 다륜의 얼굴에 튀고 타르칸의 거구에서 힘이 빠져나갔다.

투란 최대의 맹장도 마침내 쓰러졌다.

호흡을 가라앉히지 못한 채 다륜은 겨우 일어나 피에 물든 검을 수직으로 세우고 사라져간 강적에게 경의를 표했다. 그의 주위에서는 격렬한 공방의 메아리가 서서히 가라앉기 시작했다. 일테리시와 타르칸 등 얼마 안 되는 예외를 제외하고 투란군은 일방적으로 격파당해 피와 밤 속으로 달려나갔다.

타르칸이 당당한 무인의 생애를 마친 것과 거의 같은 시각, 왕태자 아르슬란, 군사 나르사스와 함께 진영에 있던 엘람이 풀 위에 엎드린 부상자를 발견했다.

그것은 투란의 장군 짐사였다. 등에 두 대의 화살이 박혀 있었다. 그에게는 아군이었던 투란의 화살이었다.

V

페샤와르 성은 대승리의 환희에 들끓었다. 투란군의 포위망은 풀렸다. 게다가 일방적으로 그들을 물리치고, 타르칸을 비롯한 유명한 적장을 여러 명이나 저세상으로 추방했다. 다시 왕도 엑바타나를 탈환하는 전투에 임할 수 있는 것이다. 그건 그렇다 쳐도 무훈첩의 제일 윗줄에 올라야 할 인물은 누구일까.

"오늘 밤의 공적은 우선 투스에게 돌아가야 하네."

아르슬란이 공언했다. 투스는 아르슬란이 페샤와르에 재입성한 후로도 성내에 머물지 않고 투란군을 빠뜨릴 함정을 준비했던 것이다. 대군이 행진한 흔적을 만들고 야영한 흔적을 조작하고 소문을 퍼뜨려 마치 10만 대군이 다가오고 있는 것처럼 꾸몄다. 물론 정체를 적에게 들켜서도 안 되었다. 투스와 2천 부하의 노고는 어지간한 것이 아니었다. 물론 투스는 이름이 쟁쟁한 적장의 수급을 취하는 무훈을 세울 기회는 얻지 못했다. 그 기회를 얻지 못했던 것이 투스의 명예였다. 왕태자에게 칭송을 받는 투스의 모습을 홀에 이어진 복도에서 바라보고, 투스 본인보다도 기뻐하며 다륜이 나르사스에게 말했다.

"전하의 행동이 참으로 훌륭하시군. 투스처럼 눈에 뜨이지 않게 일한 자를 높이 평가해야 병사들도 보람이 있지. 저것이야말로 왕의 기량일세."

"다륜, 자네는 전하 이야기만 나오면 뭐든 감탄의 재료로 삼는군."

"우스운가?"

"아니, 우습지 않아."

거짓말이었다. 내심 우스웠다. 아르슬란 왕자의 행동은 실제로 훌륭했지만, 만약 다륜이 강하기만 하고 성품을 갖추지 못했다면 어떻게 반응했을까.

『맹장 타르칸을 잡은 나야말로 가장 큰 공을 세우지 않았는가. 투스보다 못한 평가를 받다니 수긍할 수 없다!』

그렇게 강경하게 주장하지 않았을까.

'다륜은 조금 더 자신을 높이 평가해도 좋을 텐데, 뭐, 그게 이 친구의 좋은 면이지.'

벗의 장점이 단순히 무예가 뛰어난 것만이 아님을 나르사스는 잘 안다. 그는 한 발 나서며 벗의 얼굴을 바라보았다.

"그보다 나는 지금 고집쟁이 투란인을 만나러 가려는데, 자네는 어떻게 하겠나?"

"아, 나는 사양하겠네. 나처럼 딱딱한 자가 동석해봤자 자네에게 방해만 될 테니."

슬쩍 한 손을 들며 다륜은 친구를 보내주었다.

문득 한 줄기 밤바람이 '마르단후 마르단'의 망토를 흔들었다. 어디선가 풍겨온 꽃향기가 그에게 먼 세리카의 도시를 생각나게 했다. 보름달 아래 그윽한 모란 정원에서 잃어버렸던 사랑의 한 조각이 소리도 없이 흑의 기사의 가슴에 굴러 떨어졌다. 다륜의 입술이 움직이고, 반쯤 소리를 이루지 못하는 목소리를 흘렸다.

"망각은 신들의 자비라 하지만…… 당분간은 자비를 얻지 못할 것 같군. 살육을 거듭하는 몸의 죄업. 어쩔 수 없지…….”

　다룬과 헤어진 나르사스는 안뜰을 거쳐, 부상을 입
은 투란인이 있는 방을 찾아갔다. 짐사는 침대에 엎드
려 있었다. 등에 감은 붕대는 엘람과 알프리드가 둘이
서 감아준 것이었다. 침대 양쪽 옆에 간병인이라기보다
는 보초처럼 함께 있던 엘람과 알프리드가 기운차게 일
어났다. 짐사가 진저리난다는 표정을 지었다. 이젠 파
르스어를 못 알아듣는 시늉은 하지 않았다.
　“파르스의 군사 나리로군. 이 두 친구를 좀 나가라고
해줘. 언제 목을 졸라 죽이려 들지 걱정이 되니 이래선
나을 부상도 안 낫겠어.”
　“뭐어? 이 은혜도 모르는 놈이. 치료해서 목숨을 건져
준 건 우리란 말야.”
　“맞아맞아.”
　알프리드가 허리에 두 손을 가져가며 투란인을 규탄하
자 웬일로 엘람이 맞장구를 쳤다. 나르사스가 쓴웃음을
지었다.
　“뭐, 그건 편할 대로 조처하지. 한데 어떤가. 그 건에
대해서는 생각이 정리됐나, 짐사 경?”
　“……나는 아직 모르겠다.”

짐사는 다시 진저리난다는 투로 그렇게 불쑥 말하더니 화살에 입은 부상의 통증에 낯을 찡그렸다.

"그 아르슬란이라는 왕자는 아무리 봐도 사람 좋은 나약자일 뿐 아닌가? 무예는 다륜 경이나 키슈바드 경의 발치에도 미치지 못하고, 지략은 나르사스 경에게만 의존하고. 그 소년에게 무슨 장점이 있다는 건지."

아르슬란을 섬겨달라고 나르사스는 짐사에게 재삼 권했다. 그 대답이 이것이었다. 투란에서는 아르슬란처럼 유능한 신하 앞에서 존재감이 희박해지는 인물이 왕이 되는 일은 있을 수 없다. 보기에도 용맹하고 힘찬 인상을 주는 인물이 아니고서는 투란인 위에 군림하지 못한다.

나르사스는 상대의 의문에 직접적으로는 대답하지 않았다.

"아르슬란 전하의 어깨에 매가 앉아있는 것을 보았겠지."

"보았지. 그게 어쨌다고."

"하늘을 나는 새도 영원히 날아다닐 수만은 없네. 반드시 둥지에 돌아와야만 한다고 생각하네만, 그대의 생각은 어떤가?"

"왕태자는 유능한 신하의 좋은 횃대라는 소린가?"

의심스러운 투로 짐사가 나르사스의 비유를 확인했

다. 파르스의 젊은 군사는 키득 웃더니 엘람과 알프리드에게 긴장을 풀도록 눈짓을 했다. 이 두 사람의 얼굴에는 짐사가 나르사스에게 달려들기라도 했다간 때려눕혀서 다시 한 번 붕대를 감아주겠다고 적혀 있었다.

"짐사 경, 주군에도 여러 종류가 있는 법일세. 표면적으로 강한 것만이 군주의 자격은 아닐 게야. 토크타미시 왕이 그대를 어떻게 대우했는지 천천히 생각해보게."

"……."

"엘람, 알프리드. 이제는 감시할 필요 없다. 승리 축하연이 열릴 테니 둘 다 배불리 먹고 푹 자는 게 어때?"

나르사스가 몸을 돌리자 엘람과 알프리드가 좌우에 따랐다. 세 사람이 나가자 부상을 입은 투란인은 혼자 남았다. 짐사는 스스로도 알 수 없는 이유로 혀를 차고 베개에 얼굴을 묻은 채 생각에 잠겼다. 어차피 이 부상을 입은 채로는 도망치지도 못한다. 루시타니아 왕제와는 약간 사정이 다르지만 생각할 시간은 짐사에게도 충분히 있을 것이다.

피 냄새로 충만한 하룻밤이 지나 투란군은 겨우 패잔병을 수습해 파르스 동북 국경지대에 집결했다. 지친 토크타미시는 살아남은 무장들에게 귀국을 입에 올렸다. 아무래도 승산이 없을 듯하니 본국으로 돌아가자는 말이었다. 그러자 뭇 장수들에게서 맹렬히 반대하는 의견이 나왔다.

"그럼 무엇을 위해 여기까지 온 겁니까? 국경만 넘었을 뿐 무엇 하나 얻지 못하지 않았습니까. 1만이 넘는 시체를 외국 땅에 버려두기만 하고 맨손으로 돌아가잔 말입니까?"

젊은 지농 일테리시가 분개했다. 토크타미시는 말이 없었다. 바로 어젯밤 같았으면 그런 반론을 허용하지 않았을 테지만, 어딘가 심지가 빠져나가버린 것 같은 인상이었다.

"차라리 루시타니아 놈들과 손을 잡고 파르스군을 동서에서 협공하시지요."

그렇게 제안한 자는 카를룩 장군이었다. 투란군에도 용사가 많지만 외교나 대규모 국가전략 면에서는 카를룩이 제일인자였다.

지농 일테리시가 그를 부릅뜨고 노려보았다.

"루시타니아라고?!"

"그렇습니다. 그들과 우리에게는 파르스라는 공통의 적이 있습니다."

일테리시는 눈썹을 곤두세웠다.

"놈들을 동맹으로 신용할 수 있겠나? 나는 그대처럼

외국의 사정에는 밝지 못하지만 이교도와의 약속을 지킬 필요는 없다고 공언하는 놈들이 아니던가."

"지농의 말씀도 사실입니다만, 놈들도 파르스군과 싸우기 위해 상황이 유리해지기를 원할 것입니다. 외교의 여지는 있지 않겠습니까. 밑져야 본전이지요."

"한번 해 보라, 카를룩."

한참 후 카간이 입을 열었다. 일테리시는 불만스럽게 침묵하고 카를룩은 공손히 고개를 숙였다.

이리하여 서쪽과 북쪽에서 파르스 국내로 침입한 두 나라는 각자의 사정을 끌어안은 채 다소 기괴한 동맹관계를 맺게 되는 것처럼 보였다.

제5장 길 떠나는 말의 쓸쓸한 그림자

I

　파르스군이 투란에서 온 불청객을 쫓아내고 한나절이
지났을 때였다. 다른 손님이 국경의 강을 건너 페샤와
르 성을 방문했다. 이름은 라젠드라라 하며, 이 이름을
가진 신두라 라자로는 제2대였다. 아르슬란의 막료들에
게는 매우 '친근한' 인물이었다. 아르슬란은 성문 밖까
지 손님을 마중 나갔다.

　"여어, 아르슬란 왕자. 고생이 많으셨던 모양인데."

　"덕분에 큰 탈 없이 넘어갔습니다. 일부러 찾아와주셔
서 고맙습니다."

　아르슬란이 너무 저자세라 그의 좌우에 있던 장수들은

내심 답답했다. 저런 기회주의자에게 정중하게 대할 필요는 없지 않느냐고 생각한 것이다. 당사자인 라젠드라는 주눅 들지도 않고 활달하게 손을 흔들었다.

"무슨 말씀을. 그대의 안부를 걱정하는 것은 벗으로서 당연한 일이 아닌가. 괘념치 말게."

"벗은 무슨 벗이야. 악우惡友도 유분수지."

근엄함 그 자체인 키슈바드가 그렇게 중얼거렸다. 그 목소리가 들린 것도 아닐 텐데 라젠드라는 새침한 표정으로 파르스의 장군들을 바라보았다.

"뭐, 걱정할 필요도 없었지만. 그대의 충성스러운 부하들은 하나같이 만부부당萬夫不當의 용사이니 투란군에게 패배할 리가 없지. 그렇다면 내가 섣불리 손을 대 승리를 빼앗는 일이 있어서도 실례가 아니겠나. 아무튼 선재일세, 선재. 으하하하."

아르슬란에게 안내를 받아 라젠드라가 객실로 향하자 파르스의 장수들은 발을 구르며 험담을 늘어놓았다.

"으하하는 무슨 으하하야. 선재라고? 머릿속에 꽃밭만 들어앉았나?"

"벗이라면 벗다운 짓을 해보란 말이다. 생판 민폐만 끼치는 주제에."

"만약 우리 군이 패하기라도 했다면 그놈은 투란군에게 손바닥을 비벼댔을 게 분명하네. 수치니 체면이니,

그딴 고상한 것들은 어머니 배 속에 남겨두고 태어난 놈이니."

다들 가차 없었다. 그러나 이상하게도 '아예 그놈을 죽여버리자'는 소리는 어디에서도 나오지 않았다. 실제로 라젠드라가 이 세상에서 없어진다면 그들은 상당히 적적한 기분을 맛볼 것이다. 다륜 같은 이도 한때는 진심으로 라젠드라를 벨 의욕에 사로잡혔지만 지금은 그런 마음도 사라져버린 것 같았다.

객실로 들어간 라젠드라는 환대를 받고도 약간 실망한 눈치였다. 아름다운 파랑기스가 모습을 보이지 않았기 때문이었다. 미목수려한 카히나는 기이브와 쿠바드에다 라젠드라까지 추파를 던져대면 성가셔서 견딜 수가 없으리라 생각했는지 엘람과 알프리드를 데리고 성 밖으로 사냥을 나갔다.

라젠드라는 색욕이 안 되면 식욕이라는 양 바쁘게 입과 손 사이에 진수성찬의 다리를 놓고 아르슬란의 몫까지 술잔을 기울였다. 먹을 대로 먹고 마실 대로 마시자 라젠드라는 제 딴에는 답례랍시고 열 살 연하인 친구에게 자못 근엄하게 충고까지 했다.

"한데 말일세, 나에게는 걱정되는 것이 한 가지 있다네. 조심하시는 게 좋을 걸세, 아르슬란 왕자. 파르스를 적대시한다는 공통점을 지닌 두 악역, 루시타니아와 투란이 손을 잡을 수도 있거든."

왕태자의 곁에 있던 나르사스는 놀란 표정을 감추고 라젠드라의 옆얼굴을 바라보았다. 이 젊은 라자는 뻔뻔한 데다 경박한 사내지만 결코 바보는 아니다. 타인의 일은 매우 정확하게 파악할 수 있다. 다만 자신의 이해가 얽히면 그 순간 판단을 그르친다. 아마도 삿된 마음이 지나치게 많기 때문이리라.

"뭐, 아무튼 고생은 끊이지 않겠네만 힘내시게. 나는 그대를 언제나 응원하고 협조를 아끼지 않겠네, 아르슬란 왕자. 우리는 벗이고 마음의 형제가 아닌가."

뜨뜻한 우정을 뿌려놓고 라젠드라는 냉큼 돌아갔다. 오래 있다가 응원이나 협조를 구체적으로 약속했다간 난감할 것 같아서가 아닐까.

기이브와 쿠바드는 아르슬란의 진영에서 귀중한 정보원이었다. 지난 1, 2개월 동안 파르스 국내에서 발생한 온갖 사건을 아르슬란이나 나르사스, 다륜이 알 수 있었던 것은 이들 두 사람 덕이었다. 마의 산 데마반트에서 일어난 기괴한 사건을 들었을 때는 나르사스도 다륜도 놀라지 않을 수 없었다.

"히르메스 왕자가 보검 루크나바드를 영웅왕의 묘에

서 파내려 했다니."

"어떻게 생각하나, 나르사스?"

"다륜, 내가 보기에 히르메스 왕자는 조바심을 내고 있네. 상황이 좀처럼 자기 생각대로 돌아가지 않는 모양이야. 루시타니아군도 요즘 생기를 잃었으니, 마침내 보검의 위세까지 빌릴 생각을 했겠지. 그야 물론……."

턱을 한 손으로 매만지며 나르사스가 중얼거렸다.

"누군가 히르메스 왕자를 부추긴 자가 있을지도 모르고. 패기 있는 분이니 처음부터 보검에 의존했으리라고는 생각할 수 없는데……."

그 이상은 입에 담지 않았다. 히르메스 왕자, 루시타니아군, 투란군, 게다가 파르스 국내의 구세력 등. 아르슬란 왕자처럼 성격과는 달리 적이 많은 인물도 세상에는 드물 것이다. 한편으로는 다륜 같은 인재에게 헌신적인 충성을 받는 소질을 지닌 인물 또한 드물 테지만.

그러나 많은 적들 가운데 최대의 존재는 아마도 안드라고라스 왕이 아닐까. 왕태자가 루시타니아군을 쳐 국토를 해방한다는 입장일 동안은 그나마 괜찮다. 그러나 안드라고라스가 옥좌를 회복했을 때 아르슬란의 지위와 이상은 어떻게 될까. 부왕을 구해내면 아르슬란의 국내 개혁 이상은 방해를 받을지도 모른다. 크나큰 모순이었다. 단순히 정의의 싸움이라고 할 수만은 없으리라.

싸워 이길수록 아르슬란에게는 더욱 크고 심각한 장애물이 다가온다. 어쩔 수 없는 그 사실을 아르슬란 왕자는 분명 잘 알고 있을 것이다. 열네 살짜리 소년이 그처럼 무거운 짐을 지었다고 생각하면, 나르사스는 섬약해 보이는 아르슬란의 내부에 매우 강인한 것이 뿌리를 펼쳤으리라 믿을 수밖에 없었다.

도적으로 알려진 조트족의 족장 헤이르타슈는 작년에 히르메스에게 목숨을 잃었다. 그의 아들인 메르레인은 여동생을 찾는 여행 도중 망국 마르얌의 공주 이리나와 행동을 함께하고 있었다. 메르레인이 혼자 말에 타고, 공주는 가마. 다른 자들은 모두 도보였다.

얼마 전의 큰 지진은 앞을 못 보는 이리나 공주를 놀라게 했다.

"마르얌에도 지진은 있었습니다. 하지만 이처럼 큰 것은 처음이군요."

"나도 처음이오."

메르레인의 대답은 퉁명스러웠으나 딱히 상대에게 감정이 있어서는 아니었다. 무뚝뚝한 것은 그의 속성이었다.

"피곤하진 않소, 공주 전하는?"

퉁명스레 묻는 것이 그에게는 마음을 쓴다는 뜻이었다. 괜찮다고 이리나 공주는 몰래 웃음을 지으며 대답했다. 앞을 못 보는 공주를 대신해, 일행을 통솔하는 여관장 조반나가 약간의 불평을 담아 조트족의 젊은이에게 물었다.

"한데 대체 엑바타나에는 언제쯤 도착하는 것입니까?"

"그야 당신들 발에 달렸지."

기마가 없으니 어쩔 수 없지만 마르얌 궁정 사람들의 걸음은 거북이도 비웃을 만큼 느렸다. 히르메스인지 뭔지 하는 인물과 재회하기 전에 가을은 고사하고 겨울까지 와버릴지도 모르겠다고 메르레인이 생각했을 정도였지만, 그 예감은 금세 빗나갔다.

후방, 다시 말해 동쪽에서 40기 정도 되는 파르스 기사들이 다가오고 있었다. 마르얌인들은 길가로 물러나 그들을 보내려 했다.

기마 일행은 느릿느릿 나아가는 도보 대열을 무시했다. 모래먼지를 일으키며 말없이 지나갔다. 입을 열 시간조차 아깝다는 분위기였으나 메르레인은 잠자코 있을 수는 없었다. 40기 정도 되는 갑주 차림 속에서 은색 가면을 뒤집어쓴 사내가 있음을 새처럼 날카로운 시력으로 확인했던 것이다.

"이봐, 기다려. 잠깐 기다려 보라고."

메르레인이 벌린 입에 기마대가 피운 모래먼지가 들어 갔다. 메르레인은 기침을 하며 불쾌하게 침을 뱉더니, 계속 달려가려 하는 기마대를 노골적인 호승심과 함께 노려보았다. 말없이 화살통에서 까만 깃털이 달린 화살 을 뽑아 시위에 메겼다. 재빨리 각도를 맞추고 하늘을 향해 화살을 쏜다. 활시위 울리는 소리는 여름 하늘 밑 에서 파도 같은 소리를 냈다.

기마대는 놀랐을 것이다. 하늘에서 떨어진 화살 한 대 가 기사 한 사람의 투구에 맞아 높은 소리를 내며 튕겨 나갔으니까. 거리와 활의 기세를 완벽하게 계산해 메르 레인은 기마대의 전진을 막았던 것이다.

10기 정도가 서둘러서, 다른 자들은 그 뒤를 따라 마 르얌인 일행이 있는 곳까지 달려왔다. 노기와 적의에 가득 찬 목소리가 메르레인의 무례함을 나무랐으나 조 트족 젊은이는 태연하게 대구했다.

"예의를 갖춰 불렀는데 무시한 것은 그쪽 아니었어?"

"무슨 뻔뻔한 소리를. 네놈 따위가 부른다고 멈출 것 같으냐."

"뭐, 그딴 건 상관없고. 당신들 맨 앞에 선 분이 히르 메스 왕자인지 하는 분인가?"

그 이름이 기마대에게 준 긴장감은 놀랄 정도였다. 살 기에 가까운 날카로운 미립자가 허공에 가득 찼다.

"네놈은 웬 놈이냐. 왜 그런 이름을 입에 담지?"

외치듯 캐물은 것은 메르레인보다도 훨씬 몸집이 커다란 젊은이였다. 마르즈반 칼란의 아들 잔데였지만 그의 존재를 메르레인이 알 리가 없다. 상대의 과도한 반응은 무시하고, 은가면이 천천히 다가오는 모습을 주목했다.

"이쪽은 마르얌의 왕녀 이리나 공주라는 사람의 일행인데. 히르메스라는 분을 찾고 계시거든. 뭐 짚이는 거 없나?"

한순간의 침묵에, 싸늘한 은가면의 대답이 이어졌다.

"모르겠군."

"잠깐만 이리나 공주와 대면해보면 알 텐데. 대답은 그다음에 해줘."

"모른다고 하지 않았나. 어디에서 온 천것인지는 모르겠다만 주제넘은 소리 집어치워라."

오만하기 그지없는 말투가 메르레인의 반골 기질을 자극했다. 입을 꾹 다물고 은가면을 노려보자 잔데를 비롯한 기사들이 발검할 태세를 보였다. 메르레인은 실제 이상으로 위험한 표정을 드러내는 경향이 있었지만 이때는 실제로 위험했다. 국가도 왕도 두려워하지 않는 당당한 조트족 젊은이를 이 은가면은 천것이라 불렀던 것이다. 벌을 주어야 마땅한 무례였다.

"히르메스 님이 아니신가요?"

산들바람 같은 목소리가 살벌하기 그지없는 두 사내의 사이에 끼어들었다. 어느샌가 가마에서 내려와 여관장의 손을 잡고 이리나 공주가 위태위태하게, 천천히 다가왔다. 잔데를 비롯한 기사들은 당황한 듯 공주를 바라보았다. 앞을 못 보는 공주가 살짝 목소리를 높였다. 호흡이 살짝 가빠진 것 같기도 했다.

"히르메스 님이시지요. 그렇지요?"

"무슨 말인지 모르겠군."

히르메스의 대답은 짧고 건조했으나 아주 미미한 동요를 완전히 감추지는 못했다.

……떠오르는 한 가지 풍경이 있었다. 10년도 더 전에 마르얌 국왕의 별궁 중 한 곳에서 이리나는 눈병 걸린 몸으로 요양을 하고 있었다. 그 별궁은 성가신 자를 격리시켜두기 위한 곳이었던 모양이었다. 이제는 불치의 눈병임을 알고 이리나는 절망했으나, 닫힌 눈꺼풀 밖에서 빛이 옅고 짙게 변화해가는 양상은 판단할 수 있었다. 어느 날 저녁, 화원에서 홀로 꽃을 꺾으려 하던 이리나는 누군가가 곁에 서 있음을 알아차렸다. 난처한 듯한 목소리는 소년의 것이었다.

"……눈이 안 보이는군, 그대는. 그런데 왜 꽃을 꺾지?"

"보이지 않아도 꽃향기는 알 수 있으니까요."

반쪽 얼굴에 화상을 입은 소년은 어떻게 해야 좋을지 알 수 없는 것처럼 소녀와 꽃을 번갈아 보았다. 이윽고 될 수 있는 대로 부드럽게 소녀의 손을 잡아 꽃줄기에 가져가주었다. 서툰 어조로 소녀에게 설명해주었다.

"이 꽃은, 내가 알기로 제리아라고 한다. 꽃잎이 다섯 장이고 가장자리가 자청색이며 중심으로 갈수록 점점 희어지지. 꽃잎의 형태는…… 말해봤자 모르겠군. 자, 만져봐라."

소년의 어딘가 화난 듯한 어조는 그 후로도 줄곧 변함이 없었으나 이리나에게 꽃에 대해, 나무에 대해, 새며 하늘의 구름에 대해 자세히 가르쳐주었다. 그가 이웃나라에서 추방되어 몰래 재기를 꾀하는 몸이라는 사실도. 그것은 이리나가 채근해 소년의 무거운 입을 열게 해 들었던 말이지만.

그 소년은 이윽고 별궁에서 모습을 감추었다. 마르얌 국왕이 체류를 거부했기 때문이다.

"이웃나라의 골칫거리에 말려들 수는 없다."

이리나는 그런 아버지의 말을 떠올렸다. 더 이상 그를 만날 수 없음을 알고 풀이 죽어 자신의 방으로 돌아간 이리나는 문을 열자 넘쳐나는 꽃향기에 휩싸였다. 소년이 작별 인사로 별궁의 정원에 있던 꽃을 잔뜩 던져놓고

갔던 것이었다. 꽃향기에 휩싸여 소년의 애정을 떠올리고, 이리나는 보이지 않는 눈에서 하염없이 눈물을 흘렸다…….

"기억나지 않으시나요, 히르메스 님."

"모른다고 했을 텐데."

은가면은 짐짓 목소리에 힘을 주었다.

"그렇게 기질이 나약한 자가 이 황폐한 난세에서 어떻게 살아가겠나. 어디선가 객사했겠지. 어쨌든 나와는 상관없는 일이다."

은가면이 저물어가는 여름 햇살을 받아 둔중한 빛과 날카로운 빛을 교대로 번뜩였다. 메르레인은 무뚝뚝한 시선을 은가면에 돌렸지만 물론 그의 표정을 확인할 수는 없었다. 전에 만났던 쿠바드라는 자의 말을 떠올렸다. 히르메스는 얼굴에 끔찍한 화상을 입었다고.

'그것만이 아니라 이 사내는 남에게 표정을 보이는 것을 싫어 하는군.'

메르레인은 그렇게 생각했다.

자신과 상관없다는 한마디를 내던진 히르메스는 기수를 돌렸다. 망설이듯 잔데가 물었다.

"전하, 괜찮으시겠습니까? 그게……."

"주제넘은 소리 마라."

은가면에서 새나온 목소리는 고압적이었으나 그것이

내심의 동요를 미미하게 전해주었다. 차츰 빨라져가는 말발굽 소리가 말미에 겹쳐졌다.

'아직까지 왕위를 회복하지도 못하고 무슨 낯으로 이리나 공주와 만날 수 있겠나……'

그 마음을 말로는 담지 않았다. 더욱 말의 다리를 빠르게 움직이며 입에 올린 것은 다른 말이었다.

"앞으로 저들이 모종의 걸림돌이 된다면 성가시다. 가서 저자들에게 말해주어라. 왕도 엑바타나는 루시타니 아군이 점령하고 있으니 목숨이 아깝거든 다가오지 말라고."

"예, 분부 받들겠나이다."

잔데가 고개를 숙이고 스스로 기수를 돌려 마르얌인 일행에게 달려왔다. 이제 히르메스는 그 모습을 보려고도 하지 않았다. 은색 가면을 저녁놀의 광채에 씻어내며 서쪽으로 말을 몰았다. 40기가 그 뒤를 따르고, 걸어가는 마르얌인 일행을 내버려둔 채 멀어져갔다.

말을 전하고 돌아간 잔데의 넓은 등도 은가면 일행을 쫓아 멀어져갔다. 그 모습을 바라보며 메르레인은 앞으로 어떻게 하나 고민하지 않을 수 없었다. 언제까지고 은가면 일행에게서 시선을 떼지 못했던 이유는 이리나 공주에게 무슨 표정을 보여야 좋을지 판단이 서질 않았기 때문이었다.

그렇게 히르메스가 이 길을 지나면서 한 가지 만남이 생겨났고, 또 한 가지 만남이 생겨나지 못한 채 사라졌다.

만약 그 만남이 이루어졌더라면 매우 피비린내 나는, 구제할 길 없을 정도의 증오와 원한을 불러왔을 것이다. 엑바타나와 페샤와르를 잇는 길 하나가 지진에 의해 낙석으로 가로막힌 탓에 히르메스와 안드라고라스, 파르스 왕실 계보도에 따르면 조카와 숙부인 두 사내는 얼굴을 마주할 기회를 잃었다.

Ⅱ

『열국列國의 왕에게는 그야말로 재앙과도 같은 해였다.』

이것은 파르스력 321년이라는 해에 대해 기술한 연대기의 한 구절이다.

참패하여 사기가 떨어질 대로 떨어진 투란군은 페샤와르 성새에서 10파르상(약 50킬로미터) 떨어진 북쪽 황야에 있었다. 이미 병량도 얼마 남지 않았다. 원래 보급을 별로 중시하지 않는 것이 투란군의 전통이었다. 단기결전과 약탈이 투란군의 전투에서 보이는 특징이었다.

카를룩 장군은 루시타니아군과의 교섭에 나설 준비를

추진했으나, 맨손으로 가면 루시타니아군이 얕잡아 볼 거라는 의견도 있었으므로 아직 출발하지 않았다. 지농 일테리시가 제기한 의견이었다.

6월 15일 저녁, 숙영지의 풀이 붉게 물들 무렵 카간에게 지농 일테리시가 찾아와 담판을 지으려 했다.

"폐하, 부디 들어주시었으면 하는 의견이 있어 이 자리를 빌리고자 하옵니다."

언짢은 듯 토크타미시는 지농을 노려보았다. 지난 며칠 동안 보인 일테리시의 강경한 태도가 왕에게는 매우 불쾌했다.

"무슨 말을 하려는 건가, 그대는?"

"아시지 않사옵니까, 폐하. 이대로 두었다간 투란군은 패기도 생기도 잃고 비참하게 해체될 것이옵니다. 카간으로서 어떻게 책임을 지실 생각이시옵니까."

일테리시는 두 눈에 저녁놀을 비추고 있었다. 눈동자 전체가 핏빛으로 타오르는 것 같았다. 여기에 주눅이 든 것처럼 카간은 시선을 돌리며 허세를 부렸다.

"무슨 호들갑을 떠느냐. 일부러 그런 소리를 하러……."

말을 채 끝내기도 전에 카간의 시야 한구석에 새하얀 빛이 번쩍였다. 그것이 붉게 터져나가자 극심한 통증이 굵은 막대가 되어 토크타미시의 복강을 꿰뚫었다. 토크타미시는 두 눈을 부릅뜨고 자신의 몸에 박힌 검과 그 소유자를 노려보았다.

"일테리시, 네놈, 이게 무슨 짓이냐……?!"

"당신을 흉내 낸 것이오. 카간에게 조금이라도 카간이 될 자격이 없다면 옥좌는 힘으로 빼앗아야 한다."

지농은 입술을 일그러뜨렸다.

"왕위에 오르기 전에 당신이 그렇게 말했지. 자신의 발언에 책임을 지셔야 하지 않겠소, 선왕 폐하?"

조롱과 함께 일테리시는 왕의 배에 꽂아 넣은 검을 돌렸다. 무시무시한 고통의 외침을 무시하고 칼날을 뽑는다. 피가 솟아나는 모습은 포도주 부대가 터져 찢어진 것 같았다. 비틀거린 토크타미시는 눈을 몇 번 깜빡할 동안 보이지 않는 누군가의 손이 떠받치는 것처럼 서 있었지만, 이내 몸을 뒤틀더니 자신의 피로 만든 웅덩이에 쓰러졌다.

얼어붙어 있던 여러 장수들이 이때 처음으로 입을 모아 고함을 지르고 칼자루에 손을 가져갔다. 그들의 모습을 노려보며 일테리시는 목소리를 높였다.

"경들에게 이의가 있다면 듣겠다. 그러나 그 전에 미리 말해두지. 지금 내가 죽인 자가 카간이 되어 마땅한 자였는가?"

격렬한 기백이 발검하려던 장수들을 압도했다. 피에 젖은 검을 땅에 꽂고 일테리시는 더욱 목소리를 높였다.

"잇달아 왕족을 살해하여 왕위에 오른 것까지는 좋았다. 그러나 지난 며칠간은 어땠는가. 단 한 번의 패전에 기개가 꺾여 제대로 결단을 내리지도 못했다. 물론 패배는 나도 원통하다. 그러나 싸울 때마다 이길 수는 없는 이상 패전을 견뎌내고 보복을 꾀할 만한 강인함이 없어서 어쩐단 말인가! 여기 쓰러진 이자는……."

마침내 일테리시는 시해한 상대를 경칭조차 붙이지도 않고 불렀다.

"이자는 한때 강인함을 갖추었을지는 몰라도, 왕위를 얻은 시점에서 이를 모조리 써버리고 말았던 것이다. 빈껍데기다. 투란 역사상 껍데기가 왕좌를 지킨 사례는 없었다."

저무는 해와 피가 지농 일테리시의 온몸을 붉게 물들였다. 압도당해 침묵하던 장수들 중 디자불로스 장군이 신음하듯 물었다. 토크타미시에게 카간이 될 자격이 없다면 그것이 지농 일테리시에게는 있느냐고. 일테리시는 가슴을 펴고 대답했다.

"나는 선선왕의 조카이다. 피로 따지자면 토크타미시보다 훨씬 진하지."

"피가 진한 것은 우리도 알고 있소. 그것 말고도 시해를 정당화할 이유가 있소?"

"토크타미시가 지키지 못했던 약속을 나는 실현하겠

다. 파르스, 신두라 두 나라의 금은보화를 왕도 사만간
으로 가지고 돌아가 목이 빠지게 기다리는 계집들에게
안겨주겠다. 투란의 이름을 대륙공로 주변 국가들에게
포악한 신과 같은 단어로 인식시켜주자."

시해에 쓰인 검을 일테리시는 바닥에서 뽑았다. 그 위
세에 압도당한 장수들을 새삼 노려보았다.

"이의가 있는 자는 이름을 대고 나오라! 선왕의 위세
는 검에 타파되었다. 이 일테리시를 부정하기 위해 마
찬가지로 검을 들어 시험해볼 자가 있나?"

아무도 나서지 않았다. 지농의 시선이 뭇 장수들의 얼
굴을 한 차례 훑어보았다. 마치 목소리를 내 명령한 것
처럼 장수들은 하나하나 무릎을 꿇고 말없이 일테리시
의 권위를 인정했다.

이리하여 투란인들은 새로운 왕을 추대했다. 파르스
에 더욱 위험한 이웃나라의 왕이 출현한 셈이었다.

투란 카간 토크타미시가 피에 물든 퇴장을 이루었을
무렵, 루시타니아 국왕 이노켄티스 7세에게는 무슨 일
이 일어나고 있었는가.

수습기사 에투알이라는 다른 이름을 가진 소녀 에스
텔은 6월 15일, 겨우 파르스의 왕도 엑바타나에 입성할

수 있었다. 아르슬란에게서 나눠 받은 식량도 의약품도 얼마 남지 않았다. 그래도 아직 열다섯이 되지 않은 소녀가 부상자를 보호하며 겨우 목적지에 도달한 것이다. 안도한 나머지 에스텔은 땅바닥에 주저앉을 뻔했다. 그러나 아직 그녀의 책임은 남아 있었다. 한숨을 돌린 후, 에스텔은 우차에 탄 일행을 성 안의 광장에 기다리게 한 후 관리들과 교섭을 시도했다.

"저는 바르카시온 백작님께 신세를 지던 자로 에투알이라 합니다. 산 마누엘 성에서 부상자와 어린아이들을 데리고 왔습니다. 그들에게 안주할 곳을 주었으면 합니다."

호소하며 돌아다녔지만 아무도 상대를 해주지 않았다. 그럴 겨를이 없었던 것이다. 루시타니아 전군이 존망의 위기에 있었다. 다들 낯빛을 바꾸고 뛰어다녔으며 거치적거리는 부상자들을 신경 쓰려 하지 않았다.

고결한 기사라 불리는 몽페라토 장군이 시간이 남아도는 사람이었다면 에스텔 일행을 위해 무언가를 해주었을지도 모른다. 그러나 몽페라토는 이때 아마도 세상에서 가장 바쁜 루시타니아인이었을 것이다. 기스카르가 아직 완전히 회복되지 않아 정치와 군사에 관한 지시를 병석에서 내리고 있었다. 현장을 뛰어다니며 직접 지휘하는 일은 몽페라토와 보두앵의 임무였다. 파르스군의 내습이 지척으로 다가왔기 때문이다.

에스텔은 난감했다. 기껏 왕도에 도착했는데 누구를 의지해야 좋단 말인가. 파르스군과 동행했을 때는 파랑 기스라는 이교의 여신관이나 알프리드 같은 도적 소녀가 이모저모로 도움을 주었다. 식량도 의약품도 부족하지 않았다. 그런데 어떻게 된 노릇인지 아군에게 도착하자마자 구원의 손길은 어디론가 사라지고 말았다.

성직자들에게 부탁하는 방법도 있었으나 보댕 대주교가 도망친 후로 왕도에 남은 성직자들은 위축되어 사회의 표면으로 나오질 않았다. 에스텔은 지푸라기 한 가닥 붙잡을 수가 없었다.

파르스 왕궁에서도 문전박대를 당했다. 에스텔은 정처 없이 왕궁 뒤쪽으로 돌아가 보았다. 루시타니아군이 침공한 후로 수복되지 않아 황폐해진 채 방치된 곳이었다. 무질서하게 초목이 우거졌으며, 불쾌한 날갯소리를 내며 날아다니는 것은 보아하니 모기가 조그마한 왕궁을 만들어놓은 모양이었다. 돌아가려던 에스텔은 발을 멈추었다.

옛날 사원에서 배웠던, 이알다바오트 신에게 바치는 찬가를 부르는 음정 어긋난 목소리가 들렸던 것이다. 노랫소리는 위쪽에서 흘러나왔다. 시선을 든 에스텔은 손질도 되지 않은 건물의 2층 창문이 열려 있고, 어딘가 야무지지 못한 인상의 중년 사내가 그녀를 내려다보고

있음을 알아차렸다. 미친 사람인가 생각했지만 그 얼굴
이 에스텔의 기억을 자극했다. 과거 단 한 번, 그 얼굴
을 멀리서 본 적이 있었다. 에스텔은 흠칫 숨을 멈추고
물음을 던졌다.

"혹시 국왕 폐하 아니시옵니까?!"

"음, 음. 그대들의 국왕이고말고. 신께서 지상에 내려
주신 대리인이기도 하지."

거드름을 피우는 자기소개에 에스텔은 황급히 창문 밑
에 무릎을 꿇었다. 이것은 절호의 기회였다. 국왕에게
직접 사정을 설명할 수 있다. 에스텔은 창문에서 핏기
가 없는 얼굴을 내비친 이노켄티스 7세에게 서둘러 자
신의 이름과 신분을 밝히고 이제까지의 사정을 호소하
였다. 국왕은 열심히 귀를 기울였다.

"그랬구나. 악귀와도 같은 이교도들에게서 우리의 동
포를 지켜주다니. 잘해 주었도다. 그대는 어린 것 같은
데도 마음은 이미 어엿한 기사로구나."

"황송하옵니다."

'악귀와도 같은 이교도'라는 표현에 에스텔은 약간
거부감을 느꼈다. 스스로도 이상하게 여겨지는 감정이
었다. 이상해도 상관없었다. 이교도에게도 가능한 한
공정하고 싶었다. 그들은 부상자나 어린아이를 친절하
게 대해주었으니까.

"내일이라도 그대를 정식 기사로 서임해주마. 뭣하면 근위무사로 삼아줄 수도 있지. 그대에게는 그럴 만한 가치가 있다."

"성은이 망극하옵니다. 하오나 국왕 폐하, 저 하나는 어찌되어도 좋습니다. 거처할 집도 없는 병자와 고아들의 앞길을 부디 구원하여 주시옵소서."

에스텔은 고개를 조아렸다. 임금님은 좋은 분이라고 생각했다. 엑바타나에 도착한 후 루시타니아어로 다정한 말을 들어본 것은 이번이 처음이었다.

그러나 감동의 여운을 맛보고 있을 때가 아니었다. 등 뒤에서 소리가 들린 것이다. 갑주와 군화 소리가 울려 퍼졌다. 거친 노성이 뒤를 이었다.

"이놈, 이런 데서 뭘 하는 거냐!"

벌떡 일어난 에스텔의 시야에 비친 것은 완전무장한 세 명의 굴강한 기사들이었다.

"이곳은 너 같은 자가 와도 되는 곳이 아니다. 아직 어리니 깊이 추궁하지는 않겠다만 냉큼 떠나거라."

"어째서입니까. 신하 된 몸으로 국왕 폐하를 뵈어서는 안 됩니까?"

"국왕 폐하께서는 와병 중이시다. 따라서 병실에 칩거하고 계신다. 너 같은 녀석이 폐하의 안정을 방해하면 어쩌겠다는 거냐."

지금은 국정 전체를 왕제 기스카르 공작이 쥐고 있으며 국왕 폐하는 천천히 정양하셔야 한다고, 기사들은 그렇게 말했다.

"그러면 왕제 전하를 뵙게 해 주실 수 있습니까?"

"무슨 뻔뻔한 소리를. 왕제 전하께서는 한가하지 않으시다. 분수를 알아야지, 생각 없는 녀석."

안드라고라스 탈주 사건을 전후하여 국왕 이노켄티스 7세는 완전히 이성을 잃었다. 기사들은 국왕에게 분노와 모멸감을 느꼈으며, 이것이 이때 에스텔에게까지 악영향을 미친 셈이다.

"두 번 다시 이 근처에 얼씬거리지 마라. 기껏 건진 목숨을 영원히 잃게 될 거다."

협박을 받아 움츠러든 것은 아니지만 에스텔은 물러나야만 했다. 완전무장한 굴강한 기사 세 사람에게 대항할 수는 없었다. 에스텔에게 무슨 일이 생긴다면 산 마누엘 성에서 데리고 온 부상자와 고아들을 지켜줄 사람이 사라지고 만다. 지금은 조용히 행동할 수밖에 없었다. 기질이 격렬한 에스텔도 기질대로 행동할 수만은 없었다.

"소란을 피워 죄송합니다. 말씀대로 이제 이 근처에는 접근하지 않겠습니다."

분함을 억누르고 고개를 숙인 후 발을 돌렸다. 몇 걸

음 나아갔을 때 이노켄티스 7세가 건넨 말이 에스텔의 뒷머리에 부딪쳤다.

"소년이여, 반드시 그대를 기사로 임명해줄 터이니 언제까지고 그 훌륭한 마음가짐을 잊지 말거라."

소년이라 여겨졌다는 데에 낙심했지만 고마운 말씀임에는 분명했다. 에스텔은 돌아보려 했지만 기사들이 등 뒤에서 어깨를 붙들고 떠밀었다. 수습기사 소녀는 문밖으로 굴러나갔다. 지면에 쓰러졌다가 일어나서 돌아본 에스텔의 코앞에서 두꺼운 문이 소리 높여 닫혔다.

궁정혁명이다!

왕제 전하가 임금님을 유폐하고 완전히 권력을 쥔 거야.

그 사실을 에스텔은 깨달았다. 동시에 용감한 소녀는 지나치게 용감한 계획을 가슴에 품었다. 불쌍한 임금님을 구해드리자고.

에스텔에게는 현실적인 계산도 있었다. 임금님을 구하면 에스텔이 데려온 부상자들을 소중히 여겨주시지 않겠는가. 겸사겸사 에스텔도 기사로 서임해준다면 명예로운 일이다.

그건 그렇다 쳐도, 이교도인 파르스인들은 병들고 다친 루시타니아인들을 구해주었는데, 같은 신을 믿는 동포의 냉대는 무어라 표현해야 좋단 말인가. 에스텔은 생각에 잠기고 말았다.

그러나 언제까지고 생각만 할 수도 없었다. 임금님을 구하기 전에 에스텔은 자신의 동행을 지켜야만 했다.

걸음을 바쁘게 놀렸다. 파르스인과 루시타니아 병사로 가득 찬 길모퉁이를 돌면서 문득 떠오른 기억이 있었다. 아르슬란, 그 맑게 갠 밤하늘색 눈동자를 한 외국의 왕자는 헤어지면서 에스텔에게 이렇게 말했다.

『정말로 난처한 일이 있으면 우차의 오른쪽 앞 차축을 빼봐. 조금은 도움이 될 거야.』

어느샌가 에스텔은 뛰고 있었다. 우차에서는 그녀만을 의지하는 병자며 갓난아이들이 불안스레 기다리고 있었다. 그들에게 웃음을 지어 보이며 아무것도 걱정할 필요 없다고 말한 후 에스텔은 우차의 오른쪽 앞바퀴 옆에 쪼그리고 앉았다. 차축의 잠금쇠를 벗기자 가늘고 긴 공간 속에 양피 자루가 담겨 있었다. 꺼내보니 묵직하다.

손바닥에 굴러나온 파르스의 금화와 은화를 에스텔은 가만히 바라보고 있었다. 아무 말도 하지 않았다. 말을 했다간 울음을 터뜨리고 말리라는 사실을 스스로도 잘 알았다.

III

6월 16일, 태양이 구름 틈에서 지상으로 첫 번째 섬광을 드리웠다. 페샤와르 성 앞에서는 무사히 야간 보초를 마친 병사들이 큰 하품을 남기고 동료와 임무를 교대하려 했다. 그때 한 사람이 소리를 지르며 서쪽 평원을 가리켰다. 마차가 섞인 소소한 기마의 집단이 페샤와르로 이어지는 길을 따라 접근하고 있었다. 적의 공성용 차량인 것 같지도 않아 무슨 일인가 응시하던 병사들 중에서 가장 나이가 많은 자가 경악에 찬 고함을 질렀다.

"저건 샤오다! 안드라고라스 폐하시다……!"

이리하여 파르스 샤오 안드라고라스 3세의 모습은 페샤와르에 나타났던 것이다.

"아바마마……."

안뜰의 포석에 무릎을 꿇고 샤오 부부 일행을 마중한 아르슬란은 말문이 막혔다. 작년 가을 아트로파테네의 전장에서 작별한 후로 거의 8개월 만의 재회였다. 무어라 말을 해야 좋을지 혼란에 빠져 판단이 서지 않은 채, 어쨌거나 무릎을 꿇은 아르슬란은 인사를 올렸다.

"무사하셔서 소자는 기쁘옵니다. 아트로파테네에서 작별한 후로 줄곧 옥체를 걱정하였나이다. 어마마마께도……."

아직까지 마차에서 내려오지 않고 있는 왕비 타흐미네에게 멀리 시선을 보냈지만 반응은 없었다.

"왕비는 피곤하다. 짐도 지쳤고. 침소를 마련하라. 자세한 이야기는 오후에 하지."

용건만을 내던지고 안드라고라스는 말에서 내렸다. 말과는 달리 긴 탈출행의 피로는 거의 보이지 않았다. 어쨌거나 아르슬란은 사트라이프 루샨에게 부모 일행의 응대를 부탁하였다. 의외의 사태가 발생해 아르슬란의 부하들도 당혹감을 감추지 못했다.

샤오 부부가 루샨의 안내를 받아 궁전으로 떠나자 아르슬란의 부하들은 한 방에 모여 이야기를 나누었다. 기이브가 앞일에 대해 질문을 던졌다.

"……그럼 어떻게 되는 거야? 샤오와 왕태자가 쌍두 정치를 하나, 다룬 경?"

"아니, 그렇게 되진 않겠지. 동격인 왕자가 둘이라면 모를까, 샤오가 다른 사람과 권세를 나누는 일은 있을 수 없어."

"흥, 지상에 샤오는 오직 한 사람이라 이건가?"

기이브가 입에 담은 말은 '카이 호스로 무훈시초'의 유명한 한 구절이었다.

"그렇다면 아르슬란 전하는 병권도 부왕께 반납해야 하나?"

"당연히 그리되겠지."

"당연하다니…… 이제까지 군을 이끌고 싸웠던 건 아르슬란 전하잖아. 느닷없이 샤오가 나타나서 자기한테 군대를 넘기라고 해봤자."

사냥감을 가로채는 거나 마찬가지 아니냐는, 기이브의 진솔하기 그지없는 의견이었다. 원래 불손한 성격인데다 중신으로서 갖추어야 할 예의에도 얽매이지 않는 몸이다.

다륜이 중얼거렸다.

"아마 많은 자들이 이러지도 저러지도 못할 걸세. 최악의 경우 파르스는 분열될지도 모르네."

그렇게 되면 루시타니아나 투란과 싸울 상황이 아니다. 파르스는 국가로서 존속할 수 없을 것이다.

나르사스는 말없이 생각에 잠겨 있었다.

하지만 사태의 의외성에 놀라지 않을 수 없었다. 예측 중에서도 가장 가능성이 희박하다고 내다보았던 예측이 현실이 되고 말았다. 아무래도 안드라고라스의 저력을 과소평가했던 모양이다. 가장 좋지 못한 것은 안드라고라스를 구출하여 아르슬란의 발언력을 현저히 증대시킬 예정이었는데 그렇게 되지 못했다는 점이었다. 지극히 좋지 못했다.

"나는 자력으로 탈출했다. 왕태자의 의견 따위 들을

필요도 없다.”

이렇게 나온다면 대답할 방법이 없다.

파랑기스, 엘람, 자스완트가 홀로 복도에 서 있는 아르슬란의 뒷모습을 근심스레 바라보았다. 왕태자의 왼쪽 어깨에는 아즈라일이 앉아 있다.

조금 전부터 아르슬란은 입을 다물고만 있었다. 부하들의 걱정에 호응해 무언가 말해주어야만 했다. 그러나 무어라 말해야 좋을지를 알 수 없었다. 언젠가 이런 사태에 직면하리라고는 생각했다. 그러나 그 시기가 지나치게 일렀다. 아르슬란에게는 아직 마음의 준비가 되어 있지 않았다. 왕도 엑바타나 함락이 먼저라고 생각했다.

엑바타나가 함락될 때까지 마음의 준비가 되리라는 보장 따위 전혀 없었지만, 역시 시간이 필요했다. 이제 다시 병력을 준비하여 왕도를 탈환할 원정에 나서려는 때 부왕이 직접 먼 탈출행을 거쳐 페샤와르까지 와버리고만 것이다.

“그런데 파랑기스 님, 당신의 생각을 들을 수 있을까요.”

의미심장한 기이브의 표정을 파랑기스는 냉담하게 돌아보았다.

“그대가 타인의 생각을 신경 쓰는 자일 줄은 몰랐군.”

그렇기 비꼰 후 자신의 생각을 밝혔다.

"나는 아르슬란 전하를 섬기겠네. 이곳에서 전하의 곁을 떠나서는 선대 여신관장께 저주를 받을걸. 샤오의 진노보다도 죽은 이의 저주가 나에게는 더 무섭다네."

나름 기특한 소리처럼 들리지만, 파랑기스의 발언을 뒤집어보면 샤오의 진노 따위는 두렵지 않다는 말이었다.

"과연 나의 파랑기스 님은 옳은 말씀만이 아니라 맛깔나는 말씀도 하신다니깐."

"그대의 파랑기스인지 뭔지가 무슨 생각을 하는지는 내 알 바 아닐세. 나는 그저 내 마음에 따를 뿐. 그대야말로 어떻게 할 텐가."

아름다운 카히나의 말 앞부분은 자신에게 유리할 대로 무시해버리고 기이브는 스스로의 처지를 명확히 입에 담았다.

"난 안드라고라스 왕하곤 아무런 의리도 없으니까요."

그렇게 단언하고, 그쯤에서 그만두었으면 좋았을 텐데 쓸데없는 한마디를 덧붙여버리는 것이 기이브의 나쁜 버릇이리라.

"만약 왕태자가 샤오와 갈라져 병력을 움직이게 되기라도 하면, 난 두말없이 왕태자의 깃발 밑에 붙을 겁니다."

그 말을 들은 엘람이 황급히 아르슬란의 뒷모습을 다시 한 번 쳐다보았다. 그러나 의기소침한 아르슬란은 이때 기이브의 목소리를 지각하지 못한 채 꼼짝도 않고 있었다.

카히나가 부주의한 발언자를 노려보았다.

"그대는 자신의 의견을 표명한다기보다는 샤오 폐하와 왕태자 전하의 결렬을 바라는 것 아닌가?"

"어라, 그렇게 들렸습니까?"

"그렇게밖에 들리지 않네."

파랑기스는 단정 지었지만 기이브의 말이 괘씸하다느니, 대역죄에 해당한다느니 하는 소리는 없었다.

자스완트가 처음으로 입을 열었다.

"내가 조국 신두라를 떠나 이런 외국까지 찾아온 건 아르슬란 전하에게 세 번의 빚이 있기 때문이오. 그걸 갚지도 못하고 전하의 곁을 떠날 수는 없소."

"음음, 그렇구만. 뭐, 잘해 보라고."

기이브가 냉큼 정리를 해버렸다. 그러더니 갑자기 모양 좋은 눈썹을 찡그리며 속으로 중얼거렸다.

'……하지만 암만 생각해도 그건 자기 자식을 보는 눈이 아니었어.'

왕비 타흐미네와 아이러니한 형태로 재회했던 그때의 인상을 기이브는 떠올려 보았지만, 암만 그래도 입 밖에 낼 수는 없었다.

겨우 열네 살짜리 소년이 결단에 갈등하고 있다. 자

식으로서 아버지를 따르고 병권을 반납해야 할 것인가. 그리하면 파르스 국내의 분열은 회피할 수 있을 것이다. 그러나 안드라고라스가 아르슬란처럼 굴람을 해방하고 전통적인 파르스의 사회구조를 변혁할 리가 없다. 다시 말해 아르슬란의 입장에선 이상 실현으로 가는 길 중간을 안드라고라스가 가로막고 있는 셈이었다.

게다가 아르슬란에게는 죄책감이 생기고 말았다. 결국 그의 힘으로 부왕을 구출하지 못했던 것이다. 그리고 어머니도. 샤오 부부는 자력으로 포로의 몸에서 해방되었으니까. 왕태자로서의 책임도 자식으로서의 의무도 다하지 못했다. 다륜, 나르사스, 그 외에 수많은 사람들의 도움을 얻어 열심히 노력했다고는 생각하지만 노력하고도 그 정도였느냐고 일언지하에 잘려나가도 할 말이 없다. 영웅왕 카이 호스로의 자손으로서 너무나도 못난 일이었다.

아즈라일이 나직하게 울며 날개 없는 벗의 얼굴을 바라보았다. 걱정해주는 것이다. 아르슬란은 웃음을 지으며 벗의 깃털을 쓰다듬었다.

"걱정 끼쳐서 미안하다, 아즈라일. 네 주인에게도 폐를 끼치는구나."

가슴이 아팠다. 자신은 악의로 행동하는 것이 아닌데 왜 자꾸만 자신과 관여한 사람들을 난처하게 만들고 마는 것일까.

남들만이 아니다. 부모와 겨우 재회했는데도 마음이 들뜨질 않는 것이다. 기묘한 곤혹이 날개를 펼친 채 접으려 하질 않았다. 자신은 자식으로서, 인간으로서 어딘가 결함이 있는 것일까.

역시 자신이 부모님의 친자식이 아니기 때문일까. 그렇게 금기의 마음을 떠올리면 아르슬란은 깊고 어두운 우물에 잠긴 자신의 모습을 자각하고 마는 것이었다.

IV

아르슬란과 달리 부왕은 조금도 곤혹스러워하지 않았다. 그의 행동은 정력적이고 적극적이었다. 아트로파테네에서 패전한 후로 8개월에 걸친 권위와 권력의 공백을 메우기 위해서였을까. 짧은 수면을 취한 안드라고라스는 우선 사트라이프 루샨을 불러 정무 전반에 걸친 보고를 올리게 한 후 곧바로 마르즈반 키슈바드를 불렀다.

달려온 '타히르'가 쌍검만큼이나 유명한 매를 어깨에 얹고 있지 않은 모습을 보더니, 안드라고라스는 덮어놓고 말했다.

"키슈바드. 그대는 아르슬란 개인의 신하인가, 파르스

라는 나라의 신하인가."

그렇게 잘라 말해버리니 키슈바드는 머쓱해졌다. 도량 있는 왕의 질문이라고는 생각할 수 없었다. 그렇다고는 해도 질문에는 대답해야만 했다.

"물론 저는 대대로 파르스의 신하였으며 샤오께서 이끄시는 조정의 신하이옵니다. 자신의 처지를 망각한 적은 없나이다."

"그렇다면 무릎을 꿇어라! 그대가 무릎을 꿇어야 할 유일한 상대가 여기 있지 않은가. 나의 이름은 안드라고라스. 영웅왕 카이 호스로의 후예이자 파르스를 통치하는 유일한 샤오이니라."

벼락을 맞은 것 같았다. '타히르' 키슈바드는 한쪽 무릎을 꿇었다. 공손히, 왕에 대한 예의를 갖추었다. 키슈바드는 비겁하거나 비굴한 성격과는 거리가 먼 사내였으나 역대의 무문 출신인 만큼 샤오에 대한 복종의 예의를 몸과 마음에 새겨놓고 있었다. 다륜이나 나르사스처럼 안드라고라스의 역정을 사거나 정치상의 의견을 대립시키거나 할 수는 없었다.

형식상 왕태자는 어디까지나 샤오의 대리인일 뿐이다. 안드라고라스가 옥좌에 부활하면 애초에 아르슬란 왕자의 존재 따위 문제가 되지 않는다. 그런데도 키슈바드가 곤혹감을 느낀 이유는 지난 반년 동안 키슈바드의 마음속에 왕태자 개인에 대한 충성심이 자라났기 때문이었다. 나아가서는 아즈라일과 수루시를 통한 마음의 교류가 있었기 때문이기도 했다.

그러나 지금 키슈바드는 사심을 배제하고 역대의 국신이라는 입장에 자신을 둘 수밖에 없었다.

해가 서쪽으로 저물어가던 시각, 샤오 안드라고라스는 연병장에 문무 신하들을 소집했다. 백기장百騎將 이상의 신분을 가진 자들이 모두 소집되어 포석 위에 무릎을 꿇었다. 왕태자 아르슬란이 불려나왔다. 황금 투구를 벗고 왼팔에 낀 채 제일 앞줄에서 공손히 고개를 조아렸다.

"파르스에서 병권은 오로지 샤오에게 귀속된다. 다른 자가 샤오의 병권을 침해함은 곧 대역죄이다."

냉엄한 목소리가 아르슬란의 죄를 읊조리는 것 같았다. 투구를 벗은 왕태자는 그대로 드러난 머리카락에 부왕의 목소리를 들으며 고개를 숙이고만 있었다.

"그 사실을 잘 알겠지, 아르슬란."

"예, 폐하……."

"주제넘은 말씀이오나 폐하……!"

아르슬란의 우측 후방에서 새까만 갑주를 울리며 다륜이 움직였다. 두 눈에 분개의 빛이 있었다. 풍파를 일으켜서는 안 된다는 사실을 잘 알지만 공식석상에서 누구하나 왕태자를 변호해주지 않는다면 아르슬란이 난처해지지 않겠는가. 다룬은 샤오를 직시하며 무릎을 꿇은 자세에 격발의 기세를 담았다.

"전하를 왕태자로서 책봉하셨던 것은 폐하 자신이십니다. 왕태자가 왕권을 대행함은 제도상 당연한 섭리. 왕태자 전하께 무슨 죄가 있사옵니까?"

그를 부릅뜬 눈으로 노려보았을 뿐 안드라고라스는 침묵했다.

"다룬 경! 샤오 폐하 어전에서 무례하다. 물러나라."

아르슬란이 꽉 억누른 목소리로 질타했다. 이 경우 내심으로는 다룬에게 감사해도 아르슬란은 질타하지 않을 수 없었다. 그렇지 않는다면 샤오 자신이 다룬에게 노성을 터뜨리고 쌍방의 대립이 더욱 격렬하게 타오를 수도 있다. 그 사정은 다룬도 물론 잘 알았다. 부득불 고개를 조아리고 침묵했다.

그러한 아르슬란과 다룬의 복잡한 심리 갈등 따위 안드라고라스는 개의치 않았다. 어쩌면 그렇게 가장했을지도 모른다. 아무튼 다룬의 항의를 완전히 무시하고 샤오는 태자의 모습을 내려다보았다.

"그대에게 명한다."

무겁게 뱃속에 울려 퍼지는 목소리였다. 아르슬란은 도저히 흉내 낼 수도 없다. 가슴이 답답해질 것 같은 위압감이었다. 달리 어떠한 결점이 있다 한들 안드라고라스의 박력과 위엄은 진짜였다.

"그대에게 명한다. 남방의 해안지대로 향하여 국토를 회복하기 위한 병력을 모으라. 그 수가 5만에 이를 때까지 샤오의 곁으로 돌아오는 것을 금한다."

신하들이 술렁거렸다. 강풍을 맞은 갈대밭 같았다. 사실상의 추방이 아니냐고, 명확하게 입에 담지는 않았지만 신하들의 표정이 같은 마음을 웅변하고 있었다.

파르스 전역에서 모을 수 있을 만한 병사는 이미 이곳에 모였다. 여기에 5만이나 되는 대병력을 어떻게 더 편성하란 말인가. 만약 모으지 못한다면 돌아오지 말라고 부왕은 말했다. 아르슬란은 마음속에 얼음덩어리를 느꼈다. 온몸이 굳어지고 목에 무언가가 꽉 막혀 목소리가 나오질 않았다.

그리고 그의 왼쪽 뒤에서 다이람 지방의 옛 영주가 속삭였다.

"받아들이십시오, 전하."

나르사스의 목소리는 나직하고 짧았다. 이유는 설명하지 않았다. 그러나 아르슬란의 귀에는 뚜렷이 전해졌다. 왕자는 신뢰하는 군사의 얼굴을 한순간 쳐다보고 마음을 굳혔다.

"삼가 칙명을 받들겠나이다."

관점을 달리해 보자고 아르슬란은 생각했다. 추방당했다고는 생각할 수 없다. 행동의 자유를 받은 것이라고 생각하자. 그렇게 생각하면 아버지를 원망하지 않아도 된다. 아버지는 섬약한 자식에게 시련을 준 것일지도 모른다.

그렇게 생각하고 싶었다. 어쩌면 이것은 현실에서 도피하려는 것뿐일지도 모른다. 그러나 현실이란 무엇일까. 부왕의 태도에는 온기가 없었으며 냉엄함 그 자체였다. 자신은 자식으로서 아버지에게 사랑받지 못한다. 어머니에게도. 그 사실은 3년쯤 전 왕궁에 들어왔을 때부터 느꼈다. 느낄 수밖에 없었다.

"너는 파르스의 왕자이니 왕자답게 처신하거라. 그 외에 바라는 것은 아무것도 없다."

아름다운 모후母后는 아르슬란에게 그렇게 말했다. 아르슬란을 길러준 유모 부부에게서는 온기와 다정함과 소박함을 느낄 수 있었는데, 왕비 타흐미네의 말은 관대함을 가장했어도 사실은 냉담하기 그지없었다. 화려하고 세련된 왕궁도 아르슬란에게는 서먹서먹한 남의 집으로밖에 여겨지지 않았다.

이러한 일들이 모두 하나의 뿌리에서 생겨난 싹이자 줄기인 것일까.

자신이, 아르슬란이라는 소년이, 샤오 안드라고라스

와 왕비 타흐미네의 자식이 아니라는 데에서……?

"무엇을 하느냐. 칙명은 이미 내려졌다. 여장을 꾸려 즉시 출발하라."

"한 가지 간청이 있사옵니다."

"무어냐? 말해봐라."

"출발하기 전에 한 번만 어마마마를 뵙게 해 주시옵소서. 드리고 싶은 말씀이 있나이다."

아르슬란의 뒤에서 무릎을 꿇은 자세 그대로 다륜과 나르사스가 시선을 나누었다.

샤오의 대답에는 끼어들 틈이 없었다.

"왕비는 연일 지속된 심신의 피로에 여전히 누워 있다. 이를 억지로 깨워 대화를 강요하느니 칙명에 따라 공을 세워 개선하는 편이 자식으로서 도리를 다하는 길일 터. 만날 필요는 없다."

"……다륜!"

나르사스가 나직하게, 그러나 날카롭게 벗을 제지했다. 안드라고라스의 지나친 냉혹함에 의분을 터뜨린 다륜이 다시 몸을 일으키려 했던 것이다. 흑의기사는 간신히 자제하고 무릎을 꿇은 자세로 돌아갔다. 대신 나르사스가 정중한 예를 취하며 말했다.

"왕태자 전하께서 칙명에 따르는 것은 파르스인으로서 당연한 일. 전하를 따르던 저희도 불초하나마 전하를 보좌하여 칙명을 다하실 수 있도록 진력을 다하겠나이다. 전하를 추종할 것을 윤허하여 주시옵소서."

그러나 나르사스의 의도는 멋들어지게 빗나가고 만 것같았다. 다이람의 젊은 옛 영주에게 냉엄한 시선을 향하더니 안드라고라스는 내뱉었다.

"다륜과 나르사스 둘은 진영에 남아라. 아르슬란과 동행하도록 허락할 수는 없다. 너희의 능력은 나의 왕궁에 빼놓을 수 없다."

숨을 들이마시는 기척이 진영 전체에 가득 찼다. 다륜과 나르사스가 왕태자 아르슬란에게는 좌우 날개와 같은 존재임을 모두가 잘 안다. 용장과 지장으로서 파르스 전역을 통틀어 으뜸가는 그들 두 사람이 아닌가. 그들의 재능을 중용하는 척하면서 사실은 그들을 아르슬란에게서 떼어놓으려는 것이 안드라고라스의 본심임을 누구도 상상하지 않을 수 없었다.

"……뭔 놈의 아버지가."

혀 차는 소리를 낸 것은 미래의 궁정악사임을 스스로 인정한 기이브였다. 그는 형식상 아르슬란의 지인일 뿐 무위무관無位無官의 몸이었으므로 안드라고라스의 어전에 무릎을 꿇을 필요는 없었다. 연병장을 내려다보는 근처의 창문에 다가가 정경을 구경하고 있었다. 왕가 내부의 대립 따위야 잘들 논다고 말해주고 싶은 상황이었으나, 아르슬란의 모습을 보고 있으려니 연민도 느껴지고, 다륜의 의분에는 진심으로 동의했다. 그야말로 어울리지도 않아 스스로 멋쩍어질 정도였다.

"뭐, 됐어. 고맙게도 난 누구를 섬기든 아무도 이의를 제기하지 않는 처지니까. 다륜 경이나 나르사스가 새장에서 못 나온다면 그만큼 내가 날개를 펼쳐주지 뭐."

그런 점에서도 관위가 있는 사람이란 부자유스러운 법이다. 사람으로 태어나 주군을 고를 권리조차 없다니. 바로 며칠 전에 데마반트 산에서 경험한, 기괴하기 그지없는 일을 기이브는 떠올렸다. 은가면 히르메스 왕자는 보검 루크나바드를 아직 제대로 다루지 못했다. 반대로 말하자면 보검은 쓰는 사람을 가리는 걸까? 기이브는 히르메스에게 아르슬란 왕자야말로 보검의 소유자로 합당하다고 시비를 걸었지만, 과연 그것이 단순한 헛소리일지, 아니면 신들이 악사의 입을 빌려 그렇게 말하도록 한 것인지는 상당히 흥미로웠다. 다만 기이브는 직감하고 있었다. 아마도 그때 보검 루크나바드의 힘은 완전히 발휘되지 않았을 것이라고. 루크나바드는 좀 더 위대하고 거대한 힘을 가졌을 것이 분명하다고.

한편 부자유스러운 궁정인인 마르즈반 키슈바드는 자랑하는 매가 어깨에 머물지 않는 이유를 안드라고라스에게 질문 받았을 때, 아즈라일을 왕태자에게 맡긴 그는 담담히 이렇게 대답했다.

"매도 어차피 축생이옵니다. 주인의 은혜를 잊은 것이 아닐는지요. 처량 맞은 소리를 하자면 어쩔 수 없는 일이옵니다."

그렇게 대답하는 키슈바드의 얼굴을 안드라고라스는 싸늘하게 비꼬듯 바라보았으나 입 밖으로는 아무 말도 하지 않았다.

사트라이프 루샨을 비롯해 이스판, 투스, 그 외에 왕태자 아르슬란의 곁에 달려왔던 자들은 모두 난감해했다. 루샨은 조용히, 이스판은 속을 태우며, 투스는 부루퉁하게 각자의 결단을 가슴에 품은 것 같았다.

극히 최근에 승리를 거듭한 파르스군의 위풍을 의지해 모여들었던 자들은 딱히 고민도 하지 않고 샤오 안드라고라스에게 넘어갔다. 이는 이대로 당연한 일이었다. 게다가 앞으로는 안드라고라스 왕 밑에 있으니 더더욱 기꺼이 달려와줄 자도 있을 것이다. 뭐니 뭐니 해도 '굴람 제도 폐지령'에 대한 잠재적인 불안이나 반발은 분명히 존재했다. 그런 만큼 새로이 병사를 모으겠다는 아르슬란의 임무는 더더욱 어려워질 것이다.

저녁 무렵, 아르슬란은 홀로 페샤와르 성을 떠났다. 단 한 마리의 매와 한 마리의 말만을 이끌고, 저녁 햇살을 받은 고독한 그림자를 늘어뜨린 채 남서쪽으로 나아가고 있었다.

　다륜과 나르사스는 왕태자를 배웅하는 것조차 허락받지 못해 성 안쪽의 방에 있었다. 무장이 허용되어 그나마 다행이었지만 문밖에는 병사들도 있어 거의 연금상태나 마찬가지였다.

　나르사스는 탁자를 앞에 두고 계속 무언가를 생각했다. 실내를 오락가락하던 다륜이 침묵에 견디다 못한 것처럼 나르사스의 앞에 앉았다.

　"나르사스, 자네 무슨 생각을 하나?"

　다륜의 목소리는 속삭이는 것 같았다. 풍부한 지략과 깊은 생각을 겸비한 벗이 안드라고라스의 속내를 읽지 못했을 줄은 다륜도 몰랐다. 아마 무언가 속셈이 있어 한 방 먹은 척을 한 것이 아닐까 하고 다륜은 추측했다.

　벗의 물음에 나르사스는 소리를 내지 않고 웃어 보였다. 두 사람 모두 큰 소리를 내지 않는 이유는 안드라고라스의 첩자가 근처에 숨어 있을 가능성을 고려했기 때문이었다. 웃음을 거두더니 나르사스는 소리 높여 대답했다.

　"자네도 걱정이 많군. 아르슬란 전하가 적국으로 가신 것도 아니잖나. 우리가 따라가지 않아도 그리 걱정할 필요는 없을 걸세."

　그렇게 말하며 나르사스의 손가락이 탁자 위에서 움

직였다. 손가락 문자를 그리고 있다. 다륜의 시선이 재빨리 이를 읽어냈다. 나르사스가 손가락 문자로 대답한 것은 다음과 같은 말이었다.

……다륜과 나르사스를 아르슬란 왕태자에게서 강제로 떼어놓은 것은 안드라고라스 왕이 어리석기 때문이 아니다. 오히려 그 반대. 안드라고라스 왕의 노림수는 다륜과 나르사스가 샤오의 명령을 저버리고 진영을 이탈하는 것이다. 그렇게 하면 반역자로 다륜과 나르사스를 처단할 수 있기 때문이다. 다륜과 나르사스가 샤오보다도 왕태자에게 충성하려 한다는 사실을 안드라고라스는 알고 있다. 그렇다면 그들 둘을 호락호락 아르슬란에게 딸려보내느니, 차라리 말살해버리는 편이 낫다.

다륜은 전율했다. 샤오에게 그 정도로 미움을 샀으리라고는 생각도 못했던 것이다. 그러나 생각해보면 그것은 어수룩한 판단이라 해야 하리라. 안드라고라스가 아르슬란에게 잠재적인 적이라면 그 반대 또한 마찬가지 아니겠는가. 적의 힘을 깎아내는 것은 당연한 일이다.

나르사스의 손가락 문자가 다시 이어졌다.

『걱정 말게. 이미 엘람과 알프리드에게 사정을 설명해두었으니. 그 아이들은 똑똑하거든. 자신이 해야 할 일을 알고 있을 걸세. 그래도 최악의 경우엔 아군인 파르스군의 진영을 무력으로 돌파해야만 하게 될지도 모르네.』

다룬도 손가락 문자로 대답했다.

『그 점은 내게 맡기게. 어떤 포위망이라도 무너뜨리고 말 테니. 다만 우리가 힘으로 샤오 폐하의 진영에서 이탈한다면 왕태자 전하와 부왕 사이가 서먹서먹해질지도 모르네.』

말없는 진지한 대화를, 큰 목소리로 나누는 의미 없는 대화로 덮어버렸다. 문밖에 다가온 샤오의 첩자는 아무것도 들을 수 없었다.

『이미 충분히 서먹해졌네. 아무리 미뤄봤자 이젠 파국은 피할 수 없어. 그렇다면 수수방관하며 운명의 함정을 기다리기만 하는 것도 어리석은 일이 아니겠나.』

『그건 그렇지. 새삼 근심할 것도 없겠군. 한데 파랑기스나 기이브는 어떻게 하겠나? 그들과 연락을 취해 함께 행동해야 하지 않을까?』

나르사스는 그럴 필요가 없다고 대답했다. 파랑기스나 기이브가 안드라고라스를 따를 리가 없다. 아르슬란 왕자의 편을 들거나, 아니면 아무의 편도 들지 않거나 둘 중 하나다. 그들은 그들 자신의 뜻과 능력에 따라 행동할 것이다. 지금 그들에게 연락을 하면 안드라고라스의 의구심을 초래해 오히려 그들의 안전이 위태로워질지도 모른다. 지금은 모르는 척하는 편이 낫다. 아마 아르슬란 왕자의 곁에서 재회할 수 있을 것이다.

『다시 말해 자네는 파랑기스나 기이브를 꽤 높이 평가하고 있다는 말이군, 나르사스.』

『그런 셈이지. 그들과는 기묘한 인연으로 만났지만 그 인연은 소중히 여길 만한 가치가 있네.』

고개를 끄덕이고 다륜은 탁자에서 일어나 포석이 깔린 안뜰에 인접한 창문에서 밖을 엿보았다. 보초병들이 화들짝 놀라 창을 고쳐들었다. 감시 대상이 '마르단후 마르단'인 만큼 긴장을 감추지 못한다.

"나 참, 고생들 많군. 뭐, 저 친구들도 명령 탓에 어쩔 수 없이 하는 짓이겠지만."

다륜이 탁자에 돌아오자 나르사스가 소리를 내 중얼거렸다.

"큰 배가 자유로이 움직이려면 넓은 바다가 필요하네. 아르슬란 전하는 아직 호수지만 바다가 되실 가능성이 크지. 충분히 기대할 가치가 있어."

나르사스는 바다와 배의 비유를 투란의 짐사 장군에게는 들지 않았다. 바다를 본 적이 없는 짐사에게는 통하지 않을 만한 비유였으므로. 그 짐사는 그가 부상을 입힌 자라반트와 함께 병상에 있었다. 아직 움직이지 못했으므로 탈출에 동행시킬 수도 없었다. 그자에게 운이, 무엇보다도 살아서 싸울 기력이 있다면 목숨을 걸고 탈출했을 것이다. 그는 이미 두 번 죽어야 할 상황에서 도움을 받았다. 그 이상의 일을 해줄 여유는 나르사스와 다룬에게도 없었다.

V

심야, 페샤와르 성내의 한 곳에서 불길이 일었다. 군마의 사료를 쌓아놓은 곳이었다. 불보다도 연기의 기세가 왕성했으며 그것이 마구간으로 흘러드는 바람에 말들이 소란을 피워 성내는 혼란에 빠졌다. 병사들이 물통을 들고 뛰어다니고, 불과 연기에 쫓긴 말들이 미친듯이 울부짖으며 곳곳에서 폭주했다.

"너무 요란스럽지 않나."

까만 갑주를 걸치고 장검을 찬 다룬은 쓴웃음을 지으며 혼란에 빠진 사람들 속을 달려나갔다. 소란을 일으킨 것이 엘람과 알프리드임은 명백했다. 다룬이나 나르사스가 소란을 틈타 탈출할 수 있도록 손을 쓴 것이다. 여기에 호응하지 않는다면 어른이 되어서 역량이 부족하다는 소리를 들을 것이다.

연기 안을 따라 마구간으로 뛰어들어 칠흑의 애마를 구해내고 올라탔다. 성문을 지키는 병사들을 쫓아내고 무거운 문을 열어 성 밖으로 뛰어나갔을 때.

"어디를 가나, 다룬 경."

말과 함께 그의 앞을 가로막고 선 것은 키슈바드였다. 이미 양손에는 쌍검을 뽑아 들고 있었다. 그의 등 뒤에는 병사들의 무리가 시커멓게 서 있었다. 다륜과 나르사스의 탈주를 예측하고 성 밖에 포진했던 것이다.

"키슈바드 경, 자네와 나눌 검은 없네. 검을 거두어주게."

다륜이 외쳤다.

"섣부른 짓을 했군, 다륜 경."

키슈바드의 목소리는 한없이 쓸쓸했다. 두 손의 칼날이 횃불의 불그림자를 비춰 저녁놀 색으로 번쩍거렸다.

"파르스의 무인에게 왕명은 절대적일 텐데. 자네도 폐하께 마르즈반으로 임명되었던 몸이면서 1만의 부하를 버리고 자신 혼자만의 이상을 추구하겠다는 말인가?"

"자네의 말이 옳네. 귀가 따가울 지경이지만, 내게는 왕태자 전하를 지키는 것 말고는 길이 없네."

"백부님이신 바흐리즈 장군의 유언을 지키기 위해서?"

"그것도 있지. 그러나 이제는 나 자신이 그렇게 하고 싶네."

다륜은 단언했다. 키슈바드는 고개를 끄덕였다. 한숨을 쉰 것 같았다.

"그렇군. 잘 알겠네."

"그러면 지나가게 해 주겠나."

"아니. 역시 샤오의 신하로서 그대를 보내줄 수는 없네. 타히르의 진영을 돌파하고 싶다면 나의 쌍검을 둘다 부러뜨리고 가게!"

키슈바드의 말이 소리 높여 울고 앞발을 들었다. 쌍검이 번뜩이는 모습을 보고 다륜도 각오했다. 전에 없던 강적이, 조금 전까지만 해도 아군이었던 자들 속에서 나타난 것이다. 다륜의 손이 장검 자루로 내달렸다.

그 순간 활시위 소리가 울려 퍼지고 그 뒤에 말의 비명이 겹쳐졌다. 키슈바드의 말은 목에 화살을 맞고 몸을 뒤틀며 옆으로 쓰러졌다. 장검 자루에 걸쳤던 손을 떼고 다륜은 시선을 돌렸다. 활을 손에 든 카히나의 모습이 그의 눈에 비쳤다.

"오, 파랑기스. 이거 쓸데없는 수고를 끼쳐드렸군."

"참으로 궁정인들이란 가엾은 존재일세. 형식적인 충성심이나 의리 탓에 인간 본래의 정을 버려야만 하다니."

아름다운 카히나는 기이브와 비슷한 감상을 입에 담았다.

"그러면 어쩌실 텐가. 낙마한 타히르에게 마지막 일격을 날리시겠나, 다륜 경? 아니, 그럴 수 있는 사람은 아니었지."

"간파당한 것 같아 분하지만 그 말이 맞아. 비웃어도

상관없네."

"나중에 천천히 웃도록 하지. 지금은 도망치는 것이 급선무. 기이브나 자스완트도 이미 탈출했을 터. 늦었다간 우리가 비웃음을 살 걸세."

흑의흑마의 기사와 녹색 눈동자를 가진 카히나는 말머리를 나란히 하고 어둠 속으로 빨려 들어갔다.

그사이에 낙마한 키슈바드는 일어나 있었다. 타히르의 몸을 걱정한 백기장 한 사람이 말을 몰아 달려왔다. 말을 걸려 하는 상대에게 키슈바드가 명령했다.

"뭣들하나? 나를 걱정하느니 어서 도망자를 추적하라."

"진심으로 추적해도 되겠습니까, 마르즈반?"

"당연하지. 폐하의 명령이시다!"

호된 말에 백기장은 황급히 부하들과 함께 다륜 일행을 추격하기 시작했다. 어둠의 평원에 가만히 서 있던 키슈바드는 쓴웃음을 지으며 쌍검을 등의 칼집에 거두고 속으로 중얼거렸다.

'진심으로 쫓아봤자 너희 손에 잡힐 자들이 아니다만…… 이런 곳에서 사로잡혀 죽기라도 한다면 어차피 왕태자 전하께는 도움이 안 되겠지.'

다륜과 파랑기스가 키슈바드의 진을 돌파했을 무렵, 군사로 고명한 다이람의 옛 영주는 풀밭 위에 드러누워 있었다. 벗과는 반대로 나르사스는 샤오가 명령한 자들이 말을 쏘는 바람에 떨어져 쓰러졌던 것이다. 몸을 굴려 일어났을 때 병사들이 달려들었다. 한 사람을 걷어차 쓰러뜨리고 또 한 사람을 칼집째 빼든 검으로 후려친 다음 뛰었다.

"죽이지 마라! 사로잡아 샤오 어전에 끌고 가야 한다."

그런 목소리를 등 뒤로 들으며 50걸음 정도 달려갔을 때였다.

"나르사스, 나르사스! 여기야!"

씩씩한 소녀의 목소리가 들리고 나르사스의 바로 곁에 까만 말 그림자가 출현했다. 다이람 지방의 옛 영주는 풀 위를 몇 걸음 뛰어 안장꼬리에 손을 걸치면서 재빠르게 말에 올라탔다. 알프리드의 몸 너머로 고삐를 쥔다. 작년에 알프리드를 처음 만났을 때와는 반대 위치관계가 되었다. 곤봉을 휘두르며 달려드는 1기의 병사를 다시 칼집으로 쳐 낙마시켰다. 그러자 바로 곁에서 다른 1기의 그림자가 밝은 목소리로 외쳤다.

"나르사스 님, 무사하셨군요!"

"엘람이구나. 속도를 올릴 텐데, 따라올 수 있겠느냐?"

"물론이지요. 땅 끝까지라도."

"여, 그거 든든한걸."

나르사스는 웃었다. 안장머리에 탄 알프리드도 웃었다. 한순간 엘람은 복잡한 표정을 지었으나 말싸움을 벌일 틈은 없었다. 나르사스를 위해 기수 잃은 말 한 마리의 고삐를 잡고 함께 달리기 시작했다. 세 마리의 말은 세 사람을 태우고 포위망을 질질 끌며 달려나갔다.

성 안팎에서 일어난 혼란과 소동을 창문 너머로 바라보는 사람이 있었다. 탈출한 마르즈반이 있고, 이를 막으려 하는 마르즈반이 있었으며, 다시 이를 구경하는 마르즈반이 있었다. 바로 이 남자, 쿠바드였다.

"나 원, 기껏 자리를 좀 잡나 했더니 역시 나도 파르스도 안정하고는 거리가 멀구만."

크게 기지개를 켜더니 애꾸눈 장한은 달을 향해 이죽거렸다.

"뭐, 됐어. 나가는 거야 언제든 나갈 수 있으니까. 키슈바드한테만 고생을 시키는 것도 불쌍하고. 언젠가 같은 곳에 도착한다 쳐도 길은 여러 갈래여서 나쁠 거 없지."

쿠바드는 창문 너머로 성 안팎의 소란을 바라보며 느긋하게 혼자 나비드 잔을 기울였다.

6월 17일이었다. 새벽 냉기가 단단한 손길로 아르슬란의 뺨을 쓸어내렸다. 몸을 떨며 눈을 뜬 아르슬란은 나무그늘 밑에서 일어났다. 혼자였다. 아니, 한 마리의 가신이 아침 인사 울음소리를 냈다.

"응. 잘 잤니, 아즈라일?"

아르슬란도 인사하고 목을 축이기 위해 물소 가죽으로 만든 물통을 들었다. 문득 평원 저편에 시선을 돌렸다. 말 그림자 몇 개가 그를 향해 다가오는 것이 보였다. 아르슬란은 온몸을 긴장시키고 검을 뽑을 자세를 취했다. 그러나 이내 자세를 풀고 몸을 뻗으며 외쳤다.

"다룐! 나르사스!"

목소리에서 빛이 날 수 있다고 한다면, 이때 아르슬란이 그러했다.

"아아, 게다가 파랑기스, 기이브, 엘람, 알프리드, 자스완트……."

아르슬란이 이름을 부른 일곱은 잇달아 말에서 내려 왕태자의 앞에 무릎을 꿇었다. 일동을 대표해 다룐이 왕태자의 기선을 제압했다.

"꾸중하셔도 소용없습니다, 전하. 우린 전하의 질책도 샤오 폐하의 진노도 각오하고 자신들의 가치관을 관철한 것이니, 부디 따르도록 허락해 주십시오."

나머지 여섯은 저마다 웃음을 띠며 고개를 끄덕였다. 그들의 얼굴을 돌아보고 아르슬란도 웃었다.

"처음 내가 병사를 일으켰을 때 있어준 것은 그대들뿐

이었네."

작년 가을, 페샤와르로 향하던 여행을 떠올리고 아르
슬란은 말했다. 그러자 그의 왼쪽 어깨에서 매가 항의
하듯 살짝 날개를 퍼덕였다.

"아니, 두 사람과 한 마리가 늘어났군."

아르슬란이 아즈라일, 알프리드, 자스완트를 바라보
며 정정했다. 아즈라일이 기분이 좋아진 듯 나직하게
울었다. 그는 마르즈반 키슈바드의 대리이기도 한 것이
다. 숫자에 넣어주지 않으면 그를 여행에 보낸 주인에
게 면목이 서질 않는다.

"그대들을 질책하다니, 내가 어찌 그러겠나. 그런 불
손한 짓을 했다가는 그야말로 신들께 벌을 받을 걸세.
잘들 와주었네. 정말 잘들 와주었어……."

한 사람, 한 사람 손을 잡으며 아르슬란은 그들을 일
으켰다.

그들을 받아들이면 부왕의 역정을 살 것이다. 그러나
아르슬란이 그들을 돌려보낸다면 그들은 안드라고라스
에게 엄벌을 받을 것이 틀림없다. 그들은 아르슬란을
위해 왕의 곁을 떠나왔으니까. 그들을 받아들이고 그들
과 함께 공을 세워, 언젠가 부왕에게 간청하자. 그것 말
고 아르슬란에게는 방법이 없었다. 하지만 아르슬란에
게는 이 얼마나 분에 넘치는 부하, 아니, 친구들이란 말

인가.

이제 길을 떠나는 말은 더 이상 고독하지 않았다. 비정한 칙명을 이루려면 아직도 4만하고도 구천구백구십삼 명의 병사를 더 모아야 하지만, 그 정도는 어려움이라 부를 가치도 없다.

이윽고 완전히 밝아진 파르스의 평원을 여덟 기수의 말 그림자와 한 마리의 새 그림자가 남하하기 시작했다. 목적지는 길란. 남방의 유명한 항구도시였다.

파르스력 321년 6월. 작열하는 계절이 사람들의 머리 위로 찾아오려 했다. 그 열기는 절반은 자연에서, 절반은 인간의 마음에서부터 지상으로 드리워진 것이었다.

아르슬란 전기 5

2014년 12월 10일 제1판 인쇄
2014년 12월 24일 제1판 발행

지음 다나카 요시키 | **일러스트** 야마다 아키히로 | **옮김** 김완

펴낸이 임광순 | **제작 디자인팀장** 오태철
담당편집자 황건수
편집1팀 황건수 · 정해권 · 오상현 · 김동규 · 신채윤
편집2팀 유승애 · 배민영 · 권소현 · 박예슬
디자인팀 박진아 · 정연지 · 이신애
국제팀 노석진 · 엄태진 | **마케팅팀** 김원진

펴낸곳 영상출판미디어(주)
등록번호 제 2002-000003호
주소 403-853 인천광역시 부평구 평천로 132 (청천동)
전화 032-505-2973(代) | **FAX** 032-505-2982

ISBN 979-11-319-0381-0
ISBN 979-11-319-0376-6 (세트)

ARSLAN SENKI SERIES VOL.5 SEIBA KOEI
ⓒYoshiki Tanaka 2013
Illustrations copyright ⓒ Akihiro Yamada 2013
Korean translation rights arranged with KOBUNSHA CO., LTD.
through Japan UNI Agency, Inc., Tokyo and KOREA COPYRIGHT CENTER, Seoul